JANVIER.	FÉVRIER.	MARS.	AVRIL.	MAI.	JUIN.
V. 1 CIRCONCIS.	L. 1 s. Ignace.	L. 1 s. Aubin.	J. 1 s. Hugues.	S. 1 s. Jacq. s. Ph.	M. 1 s. Pamphile.
S. 2 Basile, év.	M. 2 PURIFICAT.	M. 2 s. Simplice.	V. 2 La Compas.	D. 2 s. Athanase.	M. 2 s. Pothin 4 T
D. 3 ste. Genev.	A. 3 s. Blaise.	M. 3 ste Cun. 4 T.	S. 3 s. Franç. de P.	L. 3 Inv. ste. Cr.	J. 3 ste Clotilde.
L. 4 s. Rigobert.	J. 4 s. Philéas.	J. 4 s. Drausin.	D. 4 L. Rameaux	M. 4 ste Monique.	V. 4 s. Quirin, m.
M. 5 s. Siméon.	V. 5 ste Agathe.	V. 5 s. Thomas.	L. 5 s. Ambroise.	M. 5 Conv. s. Aug.	S. 5 s. Boniface.
M. 6 L'ÉPIPHAN.	S. 6 s. Vast.	S. 6 ste Françoise	M. 6 ste Prudence	J. 6 s. Jean P. L.	D. 6 La Trinité
J. 7 s. Théau orf.	D. 7 Septuag.	D. 7 Reminiscere	M. 7 s. Hégésipe.	V. 7 s. Stanislas.	L. 7 s. Paul.
V. 8 s. Lucien, év.	L. 8 s. Jean de M.	L. 8 ste Doctrov.	J. 8 s. Gautier.	S. 8 s. Désiré.	M. 8 s. Médard.
S. 9 Furcy, ab.	M. 9 ste Apolline.	M. 9 Benoit, ab.	V. 9 Vendr.-St.	D. 9 s. Grégoire.	M. 9 ste Pélagie.
D. 10 s. Paul, erm.	M. 10 ste Scholast.	M. 10 s. Lubin.	S. 10 s. Marie, ég.	L. 10 s. Gordien.	J. 10 FÊTE-DIEU.
L. 11 s. Théodose.	J. 11 s. Séverin.	J. 11 s. Abraham.	D. 11 PASQUES.	M. 11 s. Mamert.	V. 11 s. Barnabé.
M. 12 s. Fréjus.	V. 12 ste Eulalie.	V. 12 s. Pépin.	L. 12 s. Fulbert.	M. 12 s. Epiphan.	S. 12 s. Basilide.
M. 13 Bapt. de N.S.	S. 13 s. Lezin.	S. 13 ste Euphras.	M. 13 s. Parfait.	J. 13 s. Servais.	D. 13 Ant. de P.
J. 14 s. Hilaire, év.	D. 14 Sexagésim.	D. 14 Oculi.	M. 14 s. Tiburce.	V. 14 s. Boniface.	L. 14 s. Guy, m.
V. 15 s. Maur, ab.	L. 15 s. Faustin.	L. 15 s. Zacharie.	J. 15 s. Marcellin.	S. 15 s. Isidore.	M. 15 s. Fargeau.
S. 16 s. Guillaum	M. 16 Valentin.	M. 16 s. Mérault.	V. 16 s. Paterne.	D. 16 s. Honoré.	M. 16 s. Avit, ab
D. 17 Antoine, a.	M. 17 ste Marianne	M. 17 Gertrude.	S. 17 s. Fructueux.	L. 17 Les Rogat.	J. 17 Oct.-Fét.-D.
L. 18 Ch. s. Pierre.	J. 18 s. Siméon.	J. 18 s. Alexandre	D. 18 Quasimodo.	M. 18 s. Félix.	V. 18 s. Landr.
M. 19 s. Sulpice, év.	V. 19 s. Gabin, m.	V. 19 s. Joseph.	L. 19 s. Léon pap.	M. 19 s. Célestin p.	S. 19 s. Gerv. s. P.
M. 20 s. Sébastien.	S. 20 s. Eleuther.	S. 20 s. Joachim.	M. 20 ste Hildeg.	J. 20 ASCENSION.	D. 20 s. Silvère.
J. 21 ste Agnès, v.	D. 21 Quinquag.	D. 21 Lætare.	M. 21 s. Anselme.	V. 21 s. Hospice.	L. 21 s. Leufroy.
V. 22 s. Vincent, m.	L. 22 Les 5 Plaies.	L. 22 s. Pol, év.	J. 22 s. Opport.	S. 22 ste Julie.	M. 22 s. Paulin, év.
S. 23 s. Ildefonse.	M. 23 Mardi gr.	M. 23 s. Victorien.	V. 23 s. Georg. m.	D. 23 s. Didier, év.	M. 23 s. Félix, v. j.
D. 24 Babylas, é.	M. 24 Les Cendres.	M. 24 s. Timolas.	S. 24 ste Bœuve.	L. 24 s. Donat,	J. 24 s. Jean-Bapt.
L. 25 Conv. s. Paul.	J. 25 s. Mathias.	J. 25 ANNONCIAT.	D. 25 s. Marc, abs.	M. 25 s. Phil. de N.	V. 25 s. Ber.
M. 26 s. Policarpe.	V. 26 s. Taraise.	V. 26 s. Ludger.	L. 26 s. Policarpe.	M. 26 s. Hildevert.	S. 26 s. Bal.
M. 27 s. Julien, év.	S. 27 Quadragés.	S. 27 s. Rupert.	M. 27 s. Vital, m.	J. 27 s. Hubert.	D. 27 s. Cre.
J. 28 s. Charlema.	D. 28 ste Honorine	D. 28 La Passion.	M. 28 ste Marie.	V. 28 ste. Pétronil.	L. 28 s.
V. 29 s. Fr. de S.	Epacte........ VI.	L. 29 s. Gontran.	J. 29 s. Richard.	S. 29 Maximin.	M. 29 ss. Pie.
S. 30 ste Batilde.	Lettre Dom.. C.	M. 30 s. Rieul.	V. 30 s. Eutrope.	D. 30 PENTECOT.	M. 30 Com. s.
D. 31 Pierre, no.	Nombre d'Or. 7.	M. 31 s. Balbine.		L. 31 s. Paschal.	

JUILLET.	AOUT.	SEPTEMB.	OCTOBRE.	NOVEMB.	DÉCEMB.
J. 1 s. Martial.	D. 1 s. Pierre-ès-l.	M. 1 s. Leu s. Gil.	V. 1 s. Remi, év.	L. 1 TOUSSAINT	M. 1 s. Eloi, év.
V. 2 Vis. N. D.	L. 2 s. Etienne.	J. 2 s. Lazare.	S. 2 Anges G.	M. 2 Trépassés.	J. 2 s. Franç. Xa.
S. 3 s. Anat., év.	M. 3 Inv. s. Etien.	V. 3 s. Grégoire p.	D. 3 s. Cyprien.	M. 3 s. Marcel, év.	V. 3 s. Fulgence.
D. 4 Tr. s. Martin.	M. 4 Dominiq.	S. 4 ste Rosalie.	L. 4 s Franç. d'As.	J. 4 s. CHARLES.	S. 4 ste Barbe.
L. 5 ste Zoé, m.	J. 5 s. Yon m.	D. 5 s. Bertin, ab.	M. 5 ste Aure, v.	V. 5 ste Bertilde.	D. 5 s. Sabas, ab.
M. 6 Tranquill.	V. 6 Tr. de N. S.	L. 6 s. Onésipe, é.	M. 6 s. Bruno.	S. 6 s. Léonard.	L. 6 s. Nicolas.
M. 7 ste Aubierge.	S. 7 Susc. Ste-C.	M. 7 s. Cloud, pr.	J. 7 s Serge et sB.	D. 7 s. Wilbrod	M. 7 ste Fare, v.
J. 8 ste Elisabeth	D. 8 s. Justin, m.	M. 8 NAT. DE LA V.	V. 8 Demétr.	L. 8 stes Reliques	M. 8 CONCEPTION
V. 9 ste Victoire.	L. 9 s. Spirc.	J. 9 Omer, év.	S. 9 s. Denis, év.	M. 9 s. Mathurin.	J. 9 ste Gorgonie
S. 10 ste Félicité.	M. 10 s Laurent, m.	V. 10 ste Pulchér.	D. 10 s. Géréon, m	M. 10 s. Léon, 1er p.	V. 10 ste Valère, v.
D. 11 Tr. S. Benoît.	M. 11 Susc.-S-C.	S. 11 s. Patient, év.	L. 11 s. Firmin, év.	J. 11 s. Martin, év.	S. 11 s. Fuscien, m.
L. 12 s. Gualbert.	J. 12 ste Claire.	D. 12 s Serdot, év.	M. 12 s Vilfride, év.	V. 12 s. René, év.	D. 12 s. Damase.
M. 13 Turiaf, év.	V. 13 s. Hippolyte.	L. 13 s. Maurille.	M. 13 s. Gérand, é.	S. 13 s. Brice, év.	L. 13 ste Luce, v.
M. 14 s. Bonavent.	S. 14 s. Eusèbe, v. j.	M. 14 Exal. Ste C.	J. 14 s. Calixte, p.	D. 14 s. Maclou.	M. 14 s. Nicaise.
J. 15 s. Henri, em.	D. 15 ASSOMPT.	M. 15 s. Nicom. 4 T.	V. 15 ste Thérèse	L. 15 s. Eugène.	M. 15 s. Mesm. 4 t
V. 16 s. Eustate, év.	L. 16 s. Roch.	J. 16 s. Cyprien.	S. 16 s. Gal, ab.	M. 16 s. Eucher. év.	J. 16 ste Adélaïde.
S. 17 s. Spérat et C.	M. 17 s. Mammès.	V. 17 s. Lamb.	D. 17 s. Cerbonnet.	M. 17 s. Agnan, év.	V. 17 ste Olimpie.
D. 18 s. Clair.	M. 18 ste Hélène	S. 18 s. Jean-Chr.	L. 18 s. Luc. évan.	J. 18 ste Aude, v.	S. 18 s. Gatien.
L. 19 s. Vinc. de P.	J. 19 s. Louis, év.	D. 19 s. Janv.	M. 19 s. Savinien.	V. 19 ste Elisab.	D. 19 ste Meuris
M. 20 Marguer.	V. 20 s. Bernard, a.	L. 20 s. Eustache.	M. 20 s. Sendou, p.	S. 20 s. Edmond.	L. 20 s. Philogone.
M. 21 s. Victor, m.	S. 21 s. Privat, év.	M. 21 s. Matthieu.	J. 21 ste Ursule, v.	D. 21 Prés. de la V.	M. 21 s. Thomas, a.
J. 22 ste Madelei.	D. 22 s. Simphorin	M. 22 s. Maurice.	V. 22 s. Mellon.	L. 22 ste Cécile.	M. 22 s. Honorat.
V. 23 s. Apollinai.	L. 23 s Sidoine, év.	J. 23 ste Thècle, v.	S. 23 s. Hilarion.	M. 23 Clément.	J. 23 s. Yves,
S. 24 ste Christine	M. 24 s. Barthélem.	V. 24 s. Andoche.	D. 24 s. Magloire	M. 24 ste Flore, v.	V. 24 s. Delph. v. j
D. 25 s. Jacqu. l. m.	M. 25 s. Louis, roi.	S. 25 Cléoph. d.	L. 25 s. Crép. s. Cr.	J. 25 ste Cather.	S. 25 NOEL..
L. 26 s. Christophe	J. 26 Zéphirin.	D. 26 ste Justine, v.	M. 26 s. Rustique.	V. 26 ste Genev. A.	D. 26 s. Etienn, m.
M. 27 Pantaléon	V. 27 s. Césaire, év.	L. 27 s. Côme, s. D.	M. 27 s. Frumence	S. 27 s. Maxime.	L. 27 s. Jean, év.
M. 28 ste Anne.	S. 28 s. Augustin.	M. 28 s. Céran, év.	J. 28 s. Sim. s. Jud.	D. 28 L'AVENT.	M. 28 ss. Innocens.
J. 29 ste Marthe.	D. 29 Déc. s. Jean.	M. 29 s. Michel, ar.	V. 29 s. Faron, év.	L. 29 s. Sosthène.	M. 29 Thomas C.
V. 30 s. Abdon, m.	L. 30 s. Fiacre.	J. 30 s. Jérôme.	S. 30 s. Lucain.	M. 30 André, ap.	J. 30 ste Colombe.
S. 31 s. Germ. ap.	M. 31 s. Ovide.		D. 31 Quent. v. j.		V. 31 s. Sylvestre.

LE CONTEUR

DES

SALONS.

IMPRIMERIE DE CARPENTIER-MÉRICOURT,
Rue Trainée, N. 15, près S.-Eustache.

LE CONTEUR

Des Salons,

OU

LES DÉLASSEMENS DES DAMES,

PAR

V.-A. V....r.

Paris,

CHEZ GARNIER, LIBRAIRE, PALAIS-ROYAL,

VIS-A-VIS LA COUR DES FONTAINES.

1830

PRÉFACE.

De mes délassements je vous offre le fruit,
Pour ne pas dire ici le fruit de ma paresse ;
Car franchement, lecteur, à vous je le confesse,
J'aimerais rester seul au fond d'un bon réduit,
Chaud l'hiver, frais l'été, propre sans opulence,
Garni de bons auteurs, faisant entre eux silence,
Et ne l'interrompant que quand je le voudrais.
J'en ai bien quelques uns qui ne sont point sots, mais
Imprimés, non vivants, car ma table est trop mince.
Aussi, sur eux je règne en despotique prince,
Gourmandant celui-ci, consultant celui-là
Qui pensa justement, et noblement parla.
Plus loin j'en découvre un. Ce foudre d'éloquence,
Du destin des états soulevait la balance ;
Il déclamait, tonnait comme l'orateur grec,
Lorsqu'une pension vint lui clore le bec.
Quoi ! tu changes de peau selon la circonstance,
Vil serpent. Maudits soient tous ceux de ton engeance ;

I.

Heureux l'homme de bien, de soucis dégagé,
Dépendant de lui seul, exempt de préjugé ;
Sommeillant et mangeant selon que la nature
Par *Morphée* ou *Gaster* lui trace sa mesure ;
Né sans ambition, en paix avec son cœur :
Convenons qu'à ce prix il est doux d'être auteur !

J'en ai bien tous les goûts, excepté la fortune ;
Ce qui fait que souvent je rime au clair de lune
Pour Lisette un rondeau, pour Céphise un couplet,
Quand, faute d'aliment, s'obscurcit mon quinquet.
Parfois, plein d'un beau feu, brûlant pour Célimène,
Ma main sur le papier lentement se promène :
La falourde est brûlée, encore je la dois ;
Il faut peindre ma flamme en soufflant dans mes doigts.

C'est ainsi, cher lecteur, qu'en rimant par sacades,
En écrivant des riens, très souvent par boutades,
Et pour me délasser de travaux assidus,
J'ai formé ce recueil de morceaux décousus,
Que j'offre à vos loisirs, non à votre satire.
Pour en juger vous-même, au moins daignez les lire.
Il en est de plus longs auxquels vous passerez,
Mais c'est par les petits que vous commencerez ;
Le conseil en est bon : j'y trouverai mon compte.

Or, si vous m'en croyez, prenez d'abord un conte,
Le *Savetier* sur-tout, les dames en ont ri.
 Au surplus, cher lecteur, faites à votre guise:
D'en agir à son gré, c'est la bonne devise.
Je crois que c'est la vôtre, et c'est la mienne aussi

MES
DÉLASSEMENTS.

CÉCILE ET LA VEUVE,

ou

LA DOUBLE CONQUÊTE.

NOUVELLE BORDELAISE.

—

Bordeaux, le...

Définitivement, mon cher Saint-Léon, je me mets en route le 15 pour me rendre à Paris; j'ai beaucoup d'impatience, après avoir parcouru les mers, de revoir enfin la capitale. Mes propres affaires m'avaient d'abord retenu à Bordeaux; mais un incident particulier m'y a fait ensuite prolonger mon séjour; le récit que je vous en fais sera mon excuse auprès de vous. Je vais vous entretenir de ce jeune Américain, nommé Derville, dont je vous ai déja parlé dans mes précédentes, et avec lequel j'ai fait la traversée de la Guadeloupe ici.

Il n'avait guères que quatorze ans quand son père le conduisit à Paris, pour lui faire faire ses études; à dix-huit il épousa Cécile de Vély qui n'en avait que treize. Au sortir de l'église, la mariée fut reconduite à son couvent pour y rester jusqu'à seize, époque fixée par les deux familles pour la réunion du jeune couple. Derville, au bout d'un an, s'impatientait déja de n'être encore qu'un mari *ad honores*.
Les liens de l'hymen lui paraissaient bien doux
    Malgré ce qu'on en dit en France;
Desirant donc savoir ce que c'est qu'être époux,
    Il en voulut courir la chance.

Il gagne la femme de chambre de Cécile, et lui fait parvenir trois lettres bien tendres, en lui rappelant que depuis un an ils sont inscrits sur les registres du Dieu de l'hyménée, et qu'il serait bien temps d'aller faire au moins une

prière dans son temple. Une telle correspondance était bien faite pour enflammer l'imagination ardente de la vive et sensible recluse. A la
première lettre elle soupira ; à la seconde son couvent lui parut odieux ; à la troisième elle s'évada.
De vous dire comment, je n'en sais rien... qu'importe
A son évasion tout obstacle céda.

> Le fait est qu'elle s'évada
> Par la fenêtre ou par la porte.

Ils s'aimaient ; c'est dire qu'on ne peut exprimer leur yvresse quand ils se virent dans les
bras de l'un de l'autre. Profitant de l'obscurité
de la nuit, ils montent en chaise de poste, et se
rendent à Poitiers chez la tante de Derville,
sur l'amitié de laquelle il avait lieu de compter.
En effet, la bonne dame embrassa tendrement
sa jeune nièce qu'elle trouva charmante, rit de
l'aventure, et en instruisit M. Derville, son
frère, demeuré fort inquiet à Paris.

La famille Vély, à cette nouvelle inattendue,
était partagée entre la surprise et la joie ; car
la disparition subite de Cécile lui avait causé
les plus vives inquiétudes. Néanmoins la bonne
maman n'était pas contente ; elle insistait pour

que Cécile fût remise au couvent, aux termes
des conventions; mais, M. Derville, homme
sensé, lui répondit:
Je crois qu'il est trop tard, parlez, que vous ensemble?
Mon fils est étourdi, je vous l'ai dit souvent;
Votre fille a pour lui déserté son couvent,
Ils ont, vous le savez, couru le monde ensemble.
Pourquoi les désunir? Ils peuvent être heureux:
A leur âge, maman, nous eussions fait comme eux.

L'avis était trop sage pour ne pas être suivi.
On convint de ne pas séparer les époux quoiqu'ils eussent anticipé deux ans sur le contrat.
On leur écrivit donc pour réprimander l'un d'a-
voir déserté son collége, et l'autre son couvent;
puis on termina par leur enjoindre de rester à
Poitiers chez leur tante, jusqu'à ce qu'on eût
préparé et meublé le pavillon qu'on leur desti-
nait. Huit mois se passèrent ainsi.

Arrive enfin l'instant de se mettre en route.
Quel plaisir pour Cécile! elle sait qu'elle est l'objet des préparatifs que l'on fait à Paris pour la
recevoir; il lui tarde d'arriver à Orléans pour
embrasser son père qui vient au-devant d'elle
avec M. Derville. Hélas! pauvre Cécile, tu ignores

le malheur qui se prépare, et auquel tu as peut-être un peu contribué.

Songeant à l'avenir, jouissant du présent, satisfaite du passé, Cécile pendant la route s'entretenait avec son époux des douceurs du ménage. Derville, de son côté, calculait que sous deux mois il aurait le bonheur d'être père. Là-dessus il s'étendit sur le genre d'éducation qu'il donnerait à l'enfant que lui promettait sa femme. Je veux, répétait-il à chaque instant, l'élever à la manière de Jean-Jacques; et moi à la mienne, répondit sèchement Cécile, qui sans doute commençait à se fatiguer des *je veux* sur lesquels appuyait son mari. Tout-à-coup il s'éleva une querelle entre les deux époux; une fois leur tête montée, aucun d'eux ne voulut céder. Madame a des caprices disait l'un; Monsieur a des volontés disait l'autre. Leurs débats n'étaient point encore terminés qu'ils arrivèrent à Tours. Cécile se retira dans son appartement et s'y renferma. Derville soupa seul, et son imaginaton travailla. Voici son raisonnement:

Quoi! me bouder ainsi dès son premier enfant!

Que fera donc Madame à son deuxième?

Et quel sera mon sort s'il m'en vient un troisième ?
Moi, rester son mari ! non, tout me le défend.
Je ne le vois que trop, comme tu nous amorces,
Hypocrite d'hymen au regard caressant ;
Pour un ménage heureux que tu fais en passant,
Sur tes traces combien j'aperçois de divorces !
Quoiqu'on en puisse dire, est bien dupe aujourd'hui
Qui craint, en se vengeant, qu'on ne parle de lui.
Du vulgaire doit-on redouter l'épigramme ?
D'ailleurs, dans le public je ferai sûrement
Un bien moins grand éclat en laissant là ma femme,
Que je n'en fis alors par son enlevement.

Persévérant dans sa résolution, notre écervelé s'achemine à deux heures du matin vers Bordeaux d'où il s'embarque pour l'Amérique, laissant impitoyablement dans une auberge à Tours, Cécile de Vely, sa femme, âgée de quatorze ans huit mois, enceinte de sept, n'en voulant plus entendre parler. Il demeura six ans dans les Colonies ; mais, soit par respect pour sa famille, sois plutôt par suite de son naturel inconstant, aucune beauté ne le fixa.

Le voilà maintenant de retour dans cette même ville de Bordeaux, rêvant à son mariage,

et contrarié d'apprendre que son divorce ne
soit pas encore prononcé; car avant son départ
il avait chargé quelqu'un de faire les démarches
nécessaires De mon côté, je recevais des lettres
de sa famille pour me prier de ne le pas perdre
de vue jusqu'à Paris, où l'on projetait de le faire
rencontrer avec sa femme, à l'effet d'opérer un
raccommodement. Mais,

Dans le cours de la vie on rencontre souvent
Obstacle sur obstacle à tout ce qu'on desire;
Tel qui de prime abord pour la gloire respire;
Par dépit amoureux s'enferme en un couvent:
Tel autre qui, d'amour épris pour une belle,
N'aspire qu'à sa main, ne voit, ne chérit qu'elle,
Après dix ans d'attente et de soins assidus,
Tout près de l'épouser, le peut, et ne veut plus.
J'atteste sur ce point ce qu'en a dit Voltaire,
De telles vérités ne doivent point se taire :
 «Nous tromper dans nos entreprises
  «Est à quoi nous sommes sujets ;
  «Le matin je fais des projets,
  «Et le long du jour des sottises.»

Quoique mon plan fût bien tracé, je n'étais
pas sans inquiétudes sur les moyens d'exécution.

On va voir si mes craintes étaient fondées. J'avais présenté Derville dans une maison où se trouva bientôt la veuve d'un avocat d'Angoulême, qui vint passer les vendeanges à Bordeaux. Dès ce moment je m'aperçus qu'il y multipliait ses visites. Notre prompt départ pouvait couper court à cette liaison; mais, comme par un fait exprès, mes affaires trainaient en longueur. Je pris alors le parti de lui parler. La prudence, lui dis-je, vous impose le devoir de ralentir peu-à-peu vos assiduités auprès d'une femme à laquelle vous finiriez, peut-être, par vous attacher. — Hélas! plaignez-moi, me dit-il, le mal est fait. — Comment! se pourrait-il?... Avez-vous pensé aux tristes suites de cette fatale passion? — Réfléchit-on quand on aime! — Malheureux! m'écriai-je, dans quel abyme vous précipitez-vous! quel chagrin pour votre famille; quelles angoises pour une femme vertueuse qui vous est demeurée fidèle; quel sort enfin pour l'intéressante créature à laquelle elle a donné le jour! Derville, mon cher Derville, votre tête est bien légère, mais votre cœur n'est pas corrompu, je me plais à le croire. Je vous laisse à vous-même, faites vos réflexions, et demain vous me tiendrez un autre langage, j'en suis sûr. Le lendemain je le trouvai triste et rêveur; mais toujours épris de la veuve.

Allons, me dis-je, il faut vite détromper cette femme; son honneur, l'intérêt même de Derville m'en dictent la loi. En entrant chez ses respectables hôtes, je leur parlai ainsi : je viens vous faire une visite dont Derville est le sujet. Un attrait tout particulier lui fait rechercher votre maison, et vous n'en serez pas surpris en réfléchissant que vous possédez, momentanément chez vous, une dame dont l'amabilité et les graces sont faites pour tout charmer. En disant ceci, j'observais la rougeur de la jeune veuve, et l'air attentif de nos bonnes gens. — En effet, me dit le maître du logis, j'ai cru remarquer en Derville des soins particuliers pour notre charmante pensionnaire. Mais, parlons sérieusement, n'appartiendrait-il pas à une bonne famille? — Je vous demande pardon, vous l'aurais-je présenté sans cela? — Eh bien, Monsieur, me dit la veuve avec un petit air courroucé, qu'avez-vous donc à nous dire? —

Rien , Madame; sinon que Derville est marié, et que j'ai cru devoir vous en instruire *assez à temps, sans doute...* Malgré tout ce qu'elle fit pour me cacher son trouble, elle ne put s'empêcher de dire : *il est marié!*

Tout-à-coup Derville entra. — Ah ! c'est vous, Monsieur, lui dit-elle; vous arrivez fort à propos, nous parlions de vous. Savez-vous ce que j'ai appris sur votre compte? Il devint pâle, et ne sut que répondre; sa situation me peinait. — Comment, Monsieur, continua-t-elle, vous abusez du titre d'étranger au point de me déclarer vos sentiments, et vous êtes marié ! Un tel procédé n'a pas d'exemple. Qui m'eût dit que sous des déhors honnêtes, vous n'étiez qu'un vil séducteur! — De grace, Madame, répondit Derville, n'accablez pas de vos mépris l'amant le plus tendre et le plus respectueux. J'ai cru mon divorce prononcé; je viens d'apprendre le contraire, mais il le sera bientôt, soyez-en sûre. — Vous voulez divorcer, Monsieur? — Hélas! Madame, si j'en crois ce qu'on m'a dit, qui mieux que vous est à même de connaître le résultat d'un mariage mal assorti? — Il est vrai, Mon-

sieur, que j'en ai fait la triste épreuve, mais je n'ai pas quitté mon mari pour cela; et vous passez pour avoir lâchement abandonné votre femme. — Quand on a des motifs. — Et quels étaient vos motifs? — Je conviens qu'ils sont légers en apparence; mais c'est le caractère... — Le caractère change, Monsieur. Votre femme n'avait guères que quatorze ans alors; elle en a vingt maintenant. Le meilleur parti que vous puissiez prendre, c'est de vous réconcilier avec elle. — Sans vous, sans vous, Madame, peut-être... — Désabusez-vous, Monsieur, je vous déclare formellement que je ne donnerai jamais ma main à un homme divorcé; je pars demain : renoncez à moi pour toujours. — Moi, renoncer à vous!... Ah! cruelle, répondit le jeune homme, il faudrait ne vous avoir jamais connue.
Derville, consumé de la plus vive flamme,
Se jète à ses genoux et soupire ardemment.
Notre veuve, en dessous, riait malignement,
 Car la friponne était sa femme.

Mon étonnement fut extrême; Derville n'en pouvait revenir. Par quel hasard, dit-il, vous trouvez-vous à Bordeaux? — Tout exprès pour vous y rencontrer. — Qui vous a dit que j'y débarquerais? — Votre cousin de la Guadeloupe, qui m'a instruite de tout par une correspondance suivie. — Ce changement de physionomie à quoi se trouve-t-il dû? — A l'âge et à la petite vérole dont vous voyez quelques traces. — Quel est ce nom que vous portez? — Tranquillisez-vous, il n'est que d'emprunt pour Bordeaux seulement. — Ce Monsieur et cette dame chez lesquels nous sommes? — Les correspondants de mon père. — Cette partie de vendange? — Un prétexte. — Ce deuil? — Celui de ma bonne maman. — Ce veuvage enfin? — Le temps de votre absence. — Pourquoi m'avoir tenu si long-temps dans l'erreur? — Pour m'assurer cette fois de votre attachement à la jeune veuve. — O Cécile! lui dit Derville, partagé entre la crainte et l'espérance; ma chère Cécile, me pardonnez-vous mes erreurs? — Viens, viens, Derville; s'écria-t-elle, en lui tendant les bras; si j'avais cessé de t'aimer, eussé-je entrepris ce voyage?

Ce tableau vraiment touchant se trouva bientôt embelli par la présence inattendue de leur aimable fille qui, pour la première fois, fut appelée à jouir des caresses de son père. Avec quel transport la serrait-il sur son cœur! Il la couvrait de baiser en disant : Chère enfant, il y a six ans qu'en fesant couler les larmes de ta mère, je ne savais pas me ménager un tel bonheur aujourd'hui.

C'est ainsi que Cécile, par un innocent stratagême, trouva le moyen de conquérir une seconde fois le cœur de son époux, et ne devra qu'à elle-même la félicité dont elle va jouir dans son ménage.

Sexe charmant, créé pour captiver les hommes,
    Tu nous fais tout ce que nous sommes,
Sachant par cent moyens nous mener à tes fins.
    Pour venir à bout des plus fins,
Dis-nous avec quel art, et sur-tout quelle adresse,
Tu sais d'un seul regard dicter ta volonté.
Quelle gloire pour toi! mais point de vanité,
Ou le prestige tombe, et ton triomphe cesse.
Use de tous tes droits, n'en fais jamais abus ;
Garde ta modestie, elle fait ta parure :
Sois donc toujours pour nous l'exemple des vertus,
    Et l'ornement de la nature.

STANCES SUR LE TEMPS.

A M. LE CHEV. DE C***.

A pas doublés le temps s'avance,
Jamais le cruel ne s'endort,
Il ne nous donne l'existence
Que pour nous conduire à la mort.
Passer vite est son habitude,
Bien rapides sont nos instants ;
Mais souvenez-vous que l'étude
Sait rogner les ailes du temps.

De ce vieillard atrabilaire
On voit se plaindre à tous moments.
L'insuportable et sot vulgaire,
Extrême dans ses sentiments ;
Il trouve, selon la chimére,
Qui le tourmente ou le séduit,

Le temps trop long quand il espère,
Le temps trop court quand il jouit.

Ici bas il n'est que le sage
Qui sache le mettre à profit;
Mais la sagesse est de tout âge
Comme de tout âge est l'esprit.
Du temps faites un bon usage,
Le passé ne revient jamais :
Je jouirai de mon ouvrage,
Vous jouirez de vos succès.

Ce n'est pas tout, il faut encore
Savoir pratiquer la vertu.
Sans mœurs l'homme se déshonore,
De quel titre il soit revêtu.
Soyez bon comme votre mère,
Humain, fidèle à vos serments,
Valeureux comme votre père :
Vous emploierez bien votre temps.

Une morale est toujours bonne
Lorsque la dicte l'amitié.

Comme aux leçons que je vous donne,
Mon cœur est ici de moitié.
Pour moi, le bonheur où j'aspire
A l'égard de vos chers parents,
C'est qu'envers vous ils puissent dire
Que je n'ai pas perdu mon temps.

LE CALIFE ET SON FILS.

NOUVELLE ARABE.

ABDHÉRAME, premier du nom, fils du calife Hescham, de la famille des Ommiades, vint des côtes d'Afrique en Espagne, où il avait été appelé par les Sarrasins révoltés contre leur roi Joseph. On sait qu'en 762 il s'empara de la couronne de ce malheureux prince, qui fut tué dans un combat : c'est de là qu'il joignit à son titre de calife celui de roi de Cordoue. On lui donna par la suite le surnom d'*Abdel*, qui, dans la langue arabe, signifie le juste : cela n'empêche pas qu'il ne commît quelques injustices, dont ses historiens se sont donné garde de parler. Il avait la faiblesse, assez ordinaire aux potentats, d'être sensible à la flatterie; on ajoute qu'il etait grand questionneur, ce qui prouve qu'il aimait à s'instruire, ou au moins qu'il était curieux. Osmen,

3

l'aîné de ses onze fils, lui succéda par la suite.
L'éducation du jeune prince fut confiée à un
homme droit, nommé Axare. Il n'enseignait à son
disciple que ce qu'il savait lui-même, et quand
ce dernier lui faisait une question embarrassante,
Axare lui disait avec franchise : *Je n'en sais rien.*
Il régnait entre le maitre et le disciple une sorte
d'intimité qui les honorait également. Osmen se
dédommageait, dans les sages entretiens d'Axare,
des sottises qu'il entendait dire par les adula-
teurs du calife.

Un jour le calife demanda pourquoi les chiens
n'avaient pas de griffes comme les chats. Un
courtisan s'empressa de lui répondre que la nature les avait faits ainsi de peur qu'ils n'égrati-
gnassent sa Hautesse. Abdhérame sourit, et ca-
ressa son épagneul.

Le jeune Osmen fit tout bas la même question
à son gouverneur, qui lui dit : Les chiens étant
les ennemis nés des chats, la race de ces derniers
serait bientôt détruite s'ils n'avaient sur les autres l'avantage de grimper aux arbres pour évi-
ter la mort. Osmen dit ces paroles : Que la nature
est sage !

Un jour le calife Abdhérame demanda des nouvelles d'un de ses lieutenants dont il n'entendait plus parler. Le ministre lui répondit qu'il avait été étranglé comme traître à sa Hautesse. Le calife demanda du sorbet.

Le jeune Osmen fit la même question à son gouverneur. Axare lui répondit : Ce lieutenant ayant rédigé un mémoire contre les vexations d'un parent du ministre, celui-ci lui fit passer le cordon, pour lui appendre à dénoncer son cousin. Le jeune prince frissonna, et dit : O cher Axare ! si jamais j'ai le pouvoir en main, je ferai empaler le ministre et toux ceux de son espéce.

Un jour le calife Abdhérame demanda ce que c'est que la grammaire. Tous les lettrés, d'une commune voix, répondirent : L'art de parler et d'écrire correctement. — Non, non, répliqua vivement le jeune Osmen, c'est le code des lois du langage. Le calife jeta sur son fils un regard sévère, et le menaça de punition s'il osait jamais parler en sa présence.

Le calife donna un jour un grand repas : il fit plusieurs questions auxquelles ses courtisans s'empressaient de répondre. Osmen regardait à chaque fois Axare qui lui répondait toujours différemment. On en pourra juger par le colloque suivant.

ABDHÉRAME.

Quelle est la chose la plus difficile pour un prince?

LE COURTISAN.

De marcher sur les traces de votre Hautesse.

AXARE, *bas à son disciple.*

De connaître la vérité.

ABDHÉRAME.

Quelle est la chose la plus facile pour un prince?

LE COURTISAN.

C'est d'être obéi.

AXARE.

C'est d'être trompé.

ABDHÉRAME.

Qu'est-ce qu'un prince doit le plus rechercher ?

UN OFFICIER.

De soutenir sa gloire par ses armes.

AXARE.

Le cœur de ses sujets.

ABDHÉRAME.

Quelle est la chose la plus difficile à trouver pour un prince ?

LE COURTISAN.

Une épouse digne de lui.

AXARE.

Un ami.

3.

Le calife Abdhérame subjugua le Portugal,
et tout le midi de l'Espagne. La plupart des
rois qui s'y trouvaient alors furent détrônés par
lui, et ceux que son bras avait épargnés n'y con-
servaient qu'une ombre de royauté, à quel prix
encore ! en se soumettant à l'infame tribut de lui
fournir chaque année, indépendamment de leurs
subsides, un certain nombre de jeunes filles
pour l'entretien de son sérail. Aurélio, roi des
Asturies, était imposé à cent pour sa part. Un
jour le calife Abdhérame envoya son fils à ce
roi vassal, pour lui faire des reproches du peu
de beauté des filles qu'il en recevait. Aurélio se
jeta aux genoux d'Osmen, en lui disant : J'ai cependant fait choisir entre cinq cents ; mais, choi-
sissez vous-même entre mille, car je n'ai rien de
plus à cœur que de montrer ma soumission aux
ordres de sa Hautesse. Osmen dit tout bas à son
mentor : O le lâche ! il n'a de roi que le nom.
Le prince fut témoin des pleurs que sa mission
fit répandre. Mille familles désolées attendant le
fatal choix, cent jeunes beautés enlevées des
bras de leurs mères, les unes inondant de larmes leurs appas naissants, d'autres arrachant

leurs ondoyantes chevelures, et la plupart livrées aux eunuques dans le désordre et l'éva-
nouissement du désespoir. A ce spectacle déchi-
rant le cœur du jeune Osmen se gonfla; il était
triste et rêveur, quand Aurélio s'approcha de lui
d'un air satisfait, en disant : Prince, vous saurez
rendre bon compte de mon zéle au calife votre
père; je ne crois pas qu'il se plaigne aujourd'hui.
Osmen détournant la tête, et se penchant sur
Axare : O Mahomet, dit-il, fais que les chrétiens
ne prennent point un jour leur revanche. Heureusement pour nous, dit Axare, qu'ils n'ont pas
de sérail.

Parmi ce troupeau d'innocentes victimes se
trouvait Sara, jeune Israélite, d'une rare beauté,
mais plus remarquable encore par la douce
expression de sa physionomie que par la noblesse
et la régularité de ses traits. Son extrême sensi-
bilité ne lui permettant pas de supporter l'horreur de sa position, elle résolut de se détruire
en route. Ayant saisi le moment opportun, elle
s'arme du poignard d'un des gens de l'escorte,
et s'en frappe...

La lame courbe de cette arme meurtrière

glisse obliquement, et lui fait une large blessure au côté. Tout le convoi s'arrête, et cet instant décide du sort de Sara et du prince. Elle était du petit nombre de ces beautés dont les larmes rehaussent le prix. Osmen sentit aussitôt que l'intérêt qu'il prenait à cette fille céleste était plus vif que la pitié. Pouvait-il résister à tant de charmes ? C'était Vénus blessée par Dioméde qui s'offrait à ses yeux. Pendant que l'on portait à Sara les secours nécessaires, Osmen lui disait tout ce qu'un cœur vraiment épris est susceptible d'inspirer à l'amant le plus tendre. Ce qui contribua le plus à la consoler, furent ces paroles qu'Osmen prononça d'une voix émue et d'un accent persuasif : Vivez, belle Sara, pour celui qui vous adore. Je jure à vos pieds de vous prendre pour épouse, et de vous faire régner un jour sur cette même Asturie que le calife mon père réserve à la gloire de mes armes. Sara ne répondit point, mais elle tourna ses beaux yeux sur le prince, et s'enferma dans sa litière pour cacher son trouble. Arrivé à Cordoue, on eut d'elle le plus grand soin, et le prince s'étant ménagé des affidés dans le sérail, nos amants entretin-

rent une correspondance active au moyen d'un
esclave qui passait leurs lettres dans son turban.

Le calife Abdhérame se faisait vieux; satisfait
de ses conquétes, il occupait ses moments de
repos à faire bâtir la superbe mosquée de la capitale de son royaume, édifice majestueux qu'on
admire aujourd'hui sous le nom de grande église
épiscopale de Cordoue. Osmen était impatient
de signaler sa valeur, mais il ne put jamais obtenir de son père la permission de lever une
armée pour aller faire la conquéte des Asturies.
Un matin il reçut ce billet de Sara.

« Osmen, mon bien-aimé, c'en est fait de moi.
« Le calife est venu au sérail; rien n'a pu tou-
« cher son cœur; en vain j'ai fait valoir les suites
« de ma blessure, il a eu la barbarie d'exiger
« qu'on levát l'appareil. Alors il s'est tourné vers
« le chirurgien, et, d'une voix menaçante : C'est
« donc ainsi que tu me trompes, infame! s'écria-
« t-il; oseras-tu soutenir que cette femme n'est
« pas guérie? Le malheureux allait répondre...
« O cher Osmen! j'en frissonne encore; son
« sang a rejailli jusque sur moi au premier coup
« de poignard qu'il a reçu; je suis tombée éva-

« nouie dans les bras de mes femmes. Au mo-
« ment où je revois la lumière, on me signifie
« que cette nuit... O cher Osmen! mon sang se
« glace à cet ordre barbare. Délivre-moi, mon
« ami, délivre-moi, ou cette nuit tu perds à-la-
« fois et Sara et ton père. »

Les circonstances étaient trop pressantes pour
que le bouillant Osmen perdît du temps à délibérer. Ayant pris ses mesures à la hâte, une
barque se trouva prête sur le Guadalquivir. Au
signal donné, Sara, respirant à peine, échappe,
comme par miracle, à la surveillance des gar-
des; et nos amants, confiant aux flots leur ten-
dresse et leurs soupirs, allèrent débarquer en
Afrique. Le calife jura par Mahomet de faire
mourir les coupables, mais il mourut lui-même
en 790, et Osmen revint en Espagne, où il exerça
les droits qu'il avait à la couronne de son père.

Voyez, lui dit un jour Axare, ce que c'est
que la destinée des hommes! Le lieutenant de
votre père est mort victime de la jalousie d'un
ministre, et ce même ministre vient d'expirer
par vos ordres pour servir d'exemple à ceux qui
tenteraient de l'imiter. Sara veut se poignarder

de désespoir, elle se manque, et la voilà reine ; tandis que le chirurgien qui lui a sauvé la vie et l'honneur a été poignardé à ses yeux de la main du calife. Cher Axare, dit le prince, il ne m'appartient pas de troubler les cendres de mon père ; s'il eut des faiblesses, il eut aussi des vertus. Quoi qu'il en soit, je frémis quand je pense à l'abus du pouvoir, et aux maux que souffre le peuple sous un gouvernement qui ne se soutient que par la force des armes. Je veux régner par la justice. Courage, mon prince, reprit Axare, mais vous n'aurez pas moins de dangers à courir. — Et lesquels donc? — Les piéges des méchants.

Axare avait prévu juste, car les vieux courtisans du calife, qu'Osmen avait chassés de la nouvelle cour, conspirèrent contre lui : il fut empoisonné. Les hommes vertueux le pleurèrent ; mais, pour maintenir le peuple et la troupe, le muphti fit proclamer que, malgré ses belles qualités, Mahomet avait abandonné Osmen comme un renégat, parcequ'il avait épousé une Juive.

C'est ainsi que les démagogues aveuglent la

populace, et font intervenir, quand il le faut, la politique et la religion pour couvrir d'un voile leurs infâmes complots, et donner une couleur aux funestes effets de leur ambition ou de leur vengeance.

DE LA LANGUE UNIVERSELLE.

NOUVELLE INDIENNE.

EXTRAIT D'UN MANUSCRIT ARABE INTITULÉ :

RECHERCHES SUR L'INDOUSTAN.

L'INDOUSTAN était alors divisé en petits états, dont les chefs, souvent en guerre les uns contre les autres, préparaient une facile conquête au grand Cyrus qui remplit le monde du bruit de ses exploits.

Un d'entre eux, nommé Tangis, se faisait remarquer par la protection qu'il accordait aux lettrés. Il avait à sa cour le savant Helzared, son ancien précepteur, qui n'était pas toujours de son avis, mais Tangis ne l'en estimait pas moins, chose fort rare chez les hommes.

Un jour que le monarque avait réuni dans

4

son cabinet plusieurs personnes versées dans les sciences abstraites, on vint à parler de la prérogative que le grand Être avait accordée à l'homme sur tous les animaux, en le gratifiant du don de la parole. — Je ne vois pas là de quoi s'étonner, dit Helzared; l'auteur de la nature ne s'est montré que juste, car nous eussions mené la vie la plus misérable s'il nous eût refusé les moyens d'exprimer les idées qu'il nous avait donné la faculté d'acquérir. — D'accord, dit Tangis; cependant je n'en admire pas moins cette active intelligence, qui permet aux hommes d'attacher des idées à l'air chassé de leurs poumons, et modifié dans leur bouche. — J'en conviens, Tangis; mais ce moyen de communication, pourquoi varie-t-il d'une peuplade à l'autre? Ne vaudrait-il pas mieux qu'il fût le même pour la grande famille? — Ah ! quelle idée, s'écria le monarque; il a raison. En effet, quels progrès pour les sciences s'il y avait une langue universelle! On m'a dit qu'elle avait existé... Il faut la retrouver; les animaux ont la leur, nous devons avoir la nôtre aussi. Tous les courtisans s'empressèrent à l'envi de soumettre

les projets les plus bizarres pour en faire la recherche. Après bien des discussions pendant les-
quelles Helzared ne trouva pas le temps de pla-
cer une parole, voici ce qu'on décida,

« Douze enfants, de six mois à un an, seront
« abandonnés à eux-mêmes sur un lit de mousse
« dans un pavillon ayant issue principale sur un
« jardin exclusivement réservé pour leur usage.
« Douze nourrices muettes iront à des heures
« fixes les allaiter, jusqu'à l'âge où ils seront en
« état de se substanter des aliments qu'on leur
« descendra dans un panier pendant leur som-
« meil. Dans le pavillon sera pratiqué un local
« d'où l'on pourra les observer à loisir sans en
« être aperçu ; des commissaires nommés par le
« roi s'y transporteront pour lui faire de fré-
« quents rapports sur les progrès de la langue
« universelle. »

Ce plan fut arrêté par toute l'assemblée, et
chaque membre en particulier s'applaudissait
d'en avoir fourni les principales bases, quand
Helzared s'écria d'un ton brusque : « Voilà bien
des préparatifs pour l'exécution du projet le
plus chimérique qui puisse jamais exister.! » —

Tout-à-coup un murmure général se fit entendre, et les regards se portèrent alternativement
sur Tangis et sur lui. Alors Helzared s'inclinant
devant le roi, lui tint ce discours : « Étoile flam-
boyante de nos heureuses contrées, ne te laisse
point séduire, je t'en conjure, par des projets
puériles, et indignes de tes grandes pensées. On
s'est mépris sur le fond de la question ; j'ai fait
sentir les avantages qui résulteraient d'une langue universelle, mais je n'ai pas prétendu dire
qu'elle eût jamais existé. J'en nie même la possi-
bilité, et je vais t'en convaincre à l'instant si tu
m'accordes la parole. — Source de savoir, reprit
Tangis, parle, je le veux.

Helzared dit : Si tous les animaux de la terre
s'entendent, c'est que le cercle de leurs idées est
fort étroit. S'appeler, se témoigner leur joie, se
plaindre dans leurs souffrances, se menacer
dans leur colère, est à quoi se bornent leurs
communications. L'homme n'en avait pas d'autre
dans l'origine ; c'est le langage d'action, le seul
universel ; il ne s'est point perdu. Mais l'espéce
humaine, favorisée de cette imagination ardente
qui l'éléve si fort au-dessus de la brute, pouvait-

elle s'en tenir là? Ce n'est point à l'aide d'une pantomime grossière et de simples cris que les hommes seraient jamais parvenus à poser des questions, à résoudre des problèmes, à se faire des objections ; il leur fallait une langue parlée, c'est-à-dire, ce bienfait dont nous jouissons, à l'instar des peuples civilisés, de transmettre d'une manière claire et précise jusqu'à nos idées les plus abstraites, par le seul secours de la voix. Mais prends-y bien garde, Tangis, un tel moyen de communication est l'effet de l'art et du raisonnement. Or, comme il est facultatif à chacun de raisonner à sa manière, chaque peuple, mu par le même besoin, pouvait arriver aux mêmes fins par des routes différentes.

Je pose en principe que les premiers mots d'une langue se sont formés par onomatopée, c'est-à-dire, par imitation du bruit qu'on avait entendu. Par exemple, le son *ou...* prolongé, n'était dans l'origine que l'imitation du hurlement de tel animal. Dans la langue parlée, on en a fait le mot *loup*. C'est en cessant de ne peindre que le cri, pour peindre l'animal même, qu'il a pris le caractère de mot. Ce seul exemple

4.

doit suffire pour te faire entendre que la langue parlée commence dès l'instant qu'un son quelconque, qui n'était jusque-là que l'expression d'une idée simple, passe à l'expression d'une idée complexe, parcequ'il ne réveille plus en nous le souvenir d'un simple bruit, mais le concours de toutes les sensations qu'est susceptible de réveiller en nous l'individu dont il nous peint l'image : voilà comme les premiers substantifs physiques se sont formés. Sur le bruit sourd qu'occasionent la chute et le déplacement d'une masse de rocher, on a fait les substantifs *roulement*, *croulement*, *éboulement*, d'où nous avons tiré les verbes *rouler*, *crouler*, *ébouler*. Une autre nature de bruit nous a donné les substantifs *claque*, *éclat*, *fracas*, d'où nous sont venus les verbes *claquer*, *éclater*, *fracasser*, *casser*; tel instrument s'est appelé *scie*, par imitation du bruit qu'il produit quand on s'en sert, et le verbe *scier* en a peint l'action.

Eh bien ! dit Tangis, ton système des onomatopées, qui me paraît fort juste, prouve en faveur de la langue universelle, car tous les hommes devaient obtenir les mêmes résultats en prenant la nature pour guide. D'où provient

donc cette pluralité de langues? — De la nature
même, reprit Helzared, dont les effets varient
à l'infini sur nous, et sur tout ce qui nous en-
vironne. Je suppose qu'on nous apporte à l'instant un instrument inconnu à désigner par onomatopée; que trois d'entre nous aillent en éprou-
ver les effets, l'un dans un bois, l'autre en rase
campagne, le troisième dans un lieu fermé; tu
verras qu'il recevra trois noms distincts, en raison des trois points différents d'où il aura été
entendu. Tirons de là cette juste conséquence,
que si les onomatopées sont susceptibles de pré-
senter des nuances au sein de la même peuplade,
à plus forte raison d'une peuplade à l'autre; car
du climat, des localités, de la disposition des
organes, résultent autant de manières de voir et
de sentir différentes : tout est relatif, on n'en
peut pas douter. Il paraît évident que chaque
peuple a dû nécessairement avoir ses onomatopées particulières, qu'il a formées selon les circonstances qui les lui avaient fournies, et d'après
les sentations qu'il avait éprouvées.

Si nous portons ensuite notre attention sur
l'immense quantité d'expressions dérivées, dont

le propre est de n'exprimer que des idées d'objets non sonores, des actions non bruyantes, des idées de forme, etc., nous verrons qu'ici la nature est muette, et que la création des mots de cette seconde espèce ne pouvait être que le résultat des combinaisons de l'esprit humain; car l'homme, après avoir fait quelques pas sur la route que lui trace la nature, se trouve bientôt dans la nécessité d'employer l'art et le raisonnement.

Je serais curieux, interrompit Tangis, de savoir comment des mots qui réveillent en nous des idées acquises autrement que par l'organe auditif, proviennent des onomatopées : je ne vois rien de commun, par exemple, entre la forme et le bruit. — Je t'admire, dit Helzared, comme un jeune palmier élevé par mes soins, et sous les rameaux duquel je jouis aujourd'hui d'un abri protecteur; mais quand le pâtre joue de la flûte sous le palmier....? — Je t'entends, reprit Tangis : personne ne doit l'interrompre. Continue, Helzared; que tes paroles s'écoulent comme la rosée du matin, et avec elles la douce persuasion. A ces mots le monarque se remit sur ses coussins moelleux, et l'assemblée fit le plus grand silence.

Oui, Tangis, une fois les premières onomatopées trouvées, on en a tiré des mots propres à réveiller jusqu'à des idées abstraites : cela s'est fait par analogie. Il faut entendre par là cette espèce de chaîne qui lie nos idées entre elles, et les met en corrélation les unes avec les autres : je n'en veux donner qu'un seul exemple. Il n'est personne d'entre nous qui ne se rappelle la commotion qu'il a ressentie à la chute de tel arbre, sans qu'au même instant la portion de cercle qu'il a décrite en tombant, l'éclat qu'il a fait, le roulement qu'il a produit, etc., etc., ne viennent se retracer a son imagination avec une précision admirable. C'est ainsi que le souvenir d'une première sensation en appelle toujours un autre, et ce beau travail s'opère dans notre cerveau sans nul effort de notre part. Prête-moi ton attention, Tangis ; suis bien cette analogie, et vois où commence la formation d'un mot qui réveille exclusivement une idée de forme. Cet arbre, noueux et raboteux vers sa racine, roulant avec vitesse, traçait à notre œil étonné une figure régulière qui cessa de nous frapper sitôt que l'arbre eut cessé de *rouler*. Quel nom porte-t-elle? celui de *roue* ou de *rond*. Il était tout naturel de la désigner par un mot analogue au bruit qui frappait nos oreilles dans le moment même qu'elle frappait nos yeux. Aujourd'hui, quand tu dis à quelqu'un de tracer une *roue* ou un *rond* sur la muraille, tu réveilles en lui une simple idée de forme, et tu ne penses plus toi-même au bruit d'où provient son nom. Je vais plus loin : le verbe *rouler*, qui n'est lui-même qu'une onomatopée, ne l'emploies-tu pas journellement pour exprimer une action non bruyante, quand tu dis à tes esclaves de rouler tes rubans, tes étoffes? Tes oreilles ne sont plus frappées du bruit sourd d'un corps qui roule; tes yeux seuls voient la forme à donner aux objets. Une fois le passage ouvert de l'idée de son à l'idée non sonore, vois où l'analogie nous a conduits. Nous avons fait les mots *rondeau*, *ronde*, *route*, *rotonde*, *rôle*, *rotation*, *rotule*, *routine*, et plus de cinquante dérivés que je pourrais te citer, sans y comprendre *rondeur*, expression qui ne peint qu'une simple idée de forme vue en imagination, abstraction faite de tout corps sur lequel elle puisse être aperçue. Voilà bien une idée abstraite exprimée par un dérivé d'onomatopée; ceci nous prouve que, d'analogie en analogie, nous sommes enfin parvenus au résultat heureux de rapporter tout à la voix, c'est-à-dire d'exprimer toutes nos idées par le seul effet de l'acoustique. En y réfléchissant un peu, nous verrons que cela devait se passer ainsi : la raison en est simple, c'est que nos sensations, quelle qu'en soit la cause, aboutissent toutes à ce point de centre qui constitue le *moi* dans chaque individu, et qu'une fois là nous avons négligé les organes par lesquels elles s'y étaient introduites, dès qu'il nous fut demontré que celui de la voix nous suffisait pour les rendre. C'est ainsi que le langage d'action, qui se borne à l'expression d'un bien petit nombre d'idées, s'est converti chez les divers peuples en langage parlé.

Il n'y a pas de doute qu'une langue parlée ne doive son origine, 1° aux onomatopées : la nature les indique; 2° aux mots dérivés : l'art seul les détermine; mais s'il est évident qu'un corps sonore ne peut pas produire exactement le même

effet pour tout le monde, à plus forte raison si
cet effet se trouve produit par un autre corps,
dans une autre localité, sous un autre ciel; de là
nous devons conclure que chaque peuplade a dû
nécessairement avoir ses onomatopées relatives;
première raison pour ne pas croire à la possibi-
lité d'une langue parlée universelle. Si nous con-
sidérons ensuite que les dérivés n'ont été formés
que par convention humaine, et qu'ils sont au
moins deux cents fois plus nombreux que les
primitifs, il devient absurde de supposer que
toutes les sociétés éparses sur la terre se soient
livrées aux mêmes calculs, aient obtenu les
mêmes résultats sans s'être communiquées; une
telle assertion n'est pas admissible. Loin de
nous l'idée qu'il a pu exister une langue unique,
la nature et l'art tendent au contraire à la mul-
tiplicité des langues. Plus un empire est grand,
plus il lui faut d'académies, d'institutions pu-
bliques, pour maintenir la sienne dans sa pu-
reté, encore s'altère-t-elle loin des villes.

Et vous, illustres savants, que notre jeune
monarque honore de sa bienveillance, réfléchis-
sez aux vérités constantes que je viens de dé-

rouler à vos yeux. Si le raisonnement ne peut vous convaincre, tentez vos ridicules expériences, mais prenez-vous-y différemment; ne vous arrêtez pas à ces douze infortunés que vous allez livrer en naissant au déplorable état de nature; poussez plus loin vos recherches inhumaines, formez vingt autres sociétés de cette espèce, dans vingt climats différents; et au bout de trente ans réunissez-les toutes en une seule. Savez-vous ce qu'il en résultera? vingt langues différentes, et parconséquent vingt peuples étrangers les uns aux autres dans votre nouvelle république. Dans trente ans Helzared n'y sera plus; mais vous rendrez justice à sa mémoire, et vous conviendrez qu'il avait raison de vous détourner de la recherche d'une chose qui n'a jamais pu exister.

Ici le vieillard se tut. Personne n'entreprit de lui répondre, pas même Tangis, qui parut revenir de ses préventions sur la prétendue langue universelle.

A MADEMOISELLE C....

Qui regardait l'amour comme un badinage.

Avec l'Amour, charmante Glycère,
Il ne faut pas toujours badiner ;
Parfois ce dieu se met en colère,
  Prenez garde à le chagriner.
  La moindre amende qu'il ordonne
  Est un grand prix pour un amant :
La beauté doit payer en personne,
Et chaque article est payé comptant.

PARODIE DE LA ROMANCE :

Que ce bois est sombre,
Que j'aime son ombre, etc.

D'une forêt sombre
Je chéris peu l'ombre ;
Un amant rieur
Se plaît-il à bouder à l'ombre ?
La mélancolie,
Belle Mélanie,
Est faite pour ceux
Qui sont privés de voir tes yeux.

Sur ta bouche un doux sourire
Nous invite à la gaîté,
Et tes yeux semblent nous dire :
Tout doit rire à la beauté.

J'ai vu couler l'onde,
L'onde vagabonde,

Et j'ai parcouru presque les quatre coins du monde
Jamais de ma vie
Je n'ai, Mélanie,
Vu de beaux endroits
Que les endroits où je te vois.

A MADAME DE C... NÉE DE R...

En vous voyant pratiquer vos vertus,
Avec respect on vous contemple;
Et même, en ne vous voyant plus,
On vous cite encor pour exemple.

~~~~~~~~~~~~~~~~~~~~~~~~~~~~~~~~~~~~~~

LA TANTE ET LE NEVEU.

NOUVELLE PROVENÇALE.

Tante chérie, tante adorée.... Tante!... Est-il rien qui puisse exprimer ce que mon cœur éprouve pour ma tante? Elle est si bonne, si généreuse... Telles étaient les propres paroles de *Vaudreuil* en présentant un bouillon à madame Gertrude. La malade, soulevant à peine sa tête pesante, allongeait un peu le cou du côté de la tasse, et disait par mots entrecoupés : « Pauvre ami!... « Donne... Ah! comme il m'est attaché! »

On devine sans peine que l'intérêt était le mobile des actions de Vaudreuil, et la cause de tant d'égards, de petits soins; mais la tante en était dupe : aussi ne parlait-elle à tout le monde que de faire ce tendre neveu son légataire universel, et le bon apôtre ne visait qu'à cela. Cette succession le mettait à même d'effectuer un excel-

<div style="text-align: right">5.</div>
~~~~~~~~~~~~~~~~~~~~~~~~~~~~~~~~~~~~~~

lent mariage avec la fille unique d'un voisin de madame Gertrude. Il s'applaudissait donc de jour en jour du parti qu'il avait pris d'aller se reléguer dans le fond de la Provence, à la première nouvelle qu'il avait reçue de la maladie de sa tante. Complaisant et morose avec elle, vif et enjoué avec sa belle, il avait le double talent de se bien faire venir de toutes deux. La plus riante perspective s'ouvrait devant lui, en faut-il davantage pour goûter le bonheur? Cela ne suffit pas encore, me dira-t-on. — Et que faut-il de plus? — Un ami. — Eh bien, il en avait un, et avec lequel il entretenait une correspondance active. Cet ami était à Paris, où il l'avait laissé lors de son départ.

En tous temps, en tous lieux, bien naturel il est
   De s'occuper de qui nous intéresse :
Dans chaque lettre aussi Vaudreuil l'entretenait
   De sa tante et de sa maîtresse.
   L'une était belle, et jeune, et faite au tour;
   Taille élégante, esprit, bon caractère,
   Riche sur-tout, experte en l'art de plaire,
   Deux grands yeux noirs où se nichait l'amour.

L'autre abattue, et faible, et languissante,
  (Vous comprenez qu'il parlait de la tante),
Sur la fin de ses jours allait lui repasser
Tout ce qu'elle avait pu dans le temps amasser.
Je ne veux, disait-il, épargner la dépense
    Pour qu'on l'enterre avec décence ;
    En vérité je le lui dois :
  Puis, après tout, on ne meurt qu'une fois.

Il terminait sa lettre par entretenir son ami des changements qu'il allait faire à la maison de campagne, et des meubles à la moderne dont il se proposait de la garnir. Le gothique mobilier, qu'il avait déja fait estimer, devait lui produire à la vente de quoi faire un jardin anglais, dont il envoyait le plan à son ami.

Par malheur le brouillon de cette charmante épître tomba dans les mains de sa tante, et voici comment :

Un jour qu'elle se sentit mieux que de coutume, elle passa dans l'appartement de son neveu, s'appuyant d'une main sur le bras de sa femme de chambre, et de l'autre sur sa béquille. Vaudreuil n'y était pas : l'amour l'avait conduit près de sa belle. Madame Gertrude porte 'ses yeux sur des papiers épars; quelques mots lus çà et là lui font voir qu'on s'entretient d'elle; en voilà bien assez pour piquer sa curiosité. Grand Dieu! que devint-elle quand elle vit ce qu'il en était! Et en effet quel coup pour une tante d'apprendre que son neveu parle de la faire enterrer, et prend par anticipation des mesures pour disposer de ses biens. Elle eut pourtant le courage de dévorer son chagrin, et de feindre vis-à-vis de Vaudreuil d'être toujours dupe de ses attentions; elle voulait voir jusqu'à quel point il pousserait l'hypocrisie; enfin elle lui ménageait un affront proportionné à l'outrage : mais cette contrainte lui occasiona, dès la nuit suivante, une crise si violente, qu'elle y succomba. Voilà toute la maison en alarme, et Vaudreuil n'est pas le dernier à la faire retentir de ses cris. On s'imagine peut-être que le sournois jouait son rôle, point du tout, il pleurait de bonne foi, car, au fond, il aimait sa tante, et l'image de la mort a toujours quelque chose d'affligeant. Il était plus étourdi que corrompu, et sa tête faisait quelquefois tort à son cœur. S'il pensait aux biens de sa tante, c'est qu'ils lui donnaient lieu d'épouser celle qu'il aimait, et qui devenait de plus en plus nécessaire à son bonheur.

A peine madame Gertrude eut-elle fermé les yeux, qu'une nuée de collatéraux se présente pour recueillir la succession. Ceci donne l'éveil à Vaudreuil. Oui, oui, disait-il en lui-même, attendez, chers cousins, votre part sera bientôt faite. Il appelle la justice; on lit le testament. Quel fut son étonnement! Le fatal écrit ne contenait qu'une sévère réprimande pour lui, et la disposition des biens en faveur des autres! Adieu mariage, adieu fortune; il ne lui reste seulement pas de quoi prendre la diligence pour venir cacher sa honte à Paris.

Dès qu'il voit que pour lui le mal est sans remède,
A sa demi-douleur un noir chagrin succède;
Son cœur est déchiré, songeant à ses amours.
Bientôt à sa colère il donne un libre cours;
La fureur, ou plutôt le diable le transporte :
Sans égard pour les gens, sans respect pour la morte,
De rage étincelant, le forcené Vaudreuil
Allonge un coup de pied au travers du cercueil

Qui roule d'un côté, puis de l'autre la tante.
O scandale ! ô forfait ! On tremble d'épouvante !
Le clerc qui la veillait, disant *de profundis*,
Prend la fuite, et descend les degrés dix à dix.

Tout-à-coup la scène change, et le tumulte a un tout autre motif.

Madame Gertrude n'était pas morte, elle n'était qu'en léthargie. Il ne fallait rien moins qu'une secousse de cette importance pour l'arracher au trépas ; mais quel est le médecin qui eût osé prescrire un tel reméde ? Voilà cependant comme les plus importantes découvertes ne sont dues qu'au hasard. J'oubliais de dire qu'un clou du cercueil lui avait brusquement ouvert la veine ; il est possible aussi que cette saignée salutaire, faite à temps, n'ait pas peu contribué à la soulager du poids qui l'oppressait. Quoi qu'il en soit, elle respire ; on s'empresse de lui donner de l'air ; la voilà tout étonnée de se voir entourée de de tant de monde, ayant près d'elle une bière, un drap mortuaire, un flambeau, un cierge, un bénitier, et un goupillon, qui jonchaient le plancher ; elle s'aperçut alors qu'elle revenait de loin, et que sans tout ce tintamarre elle aurait subi le supplice d'une vestale.

Vaudreuil était absorbé, anéanti, plus pâle que sa tante; sa contenance était gênée, et son regard fixé sur la terre; il ne respirait qu'avec peine, et ses soupirs interrompus annonçaient assez tout ce qu'il souffrait intérieurement. On ne songeait presque plus à lui, on ne s'occupait que de la tante, quand tout-à-coup il fit faire diversion en se jetant aux genoux de madame Gertrude.

O ma tante! dit-il, ô funeste victime!
Comment puis-je envers vous me laver d'un tel crime?
Espéré-je un pardon qu'on doit me refuser?
Non... rien à tous les yeux ne saurait m'excuser,
Hors l'amour dont le feu brûle en secret nos ames;
Chez les hommes, volcan; feu couvert chez les femmes;
Dont la moindre étincelle a ses plus grands effets,
Et produit l'héroïsme ainsi que les forfaits.
Faut-il de ces derniers que j'augmente le nombre?
A moi-même en horreur, je crains jusqu'à mon ombre:
J'ai mérité la mort comme un vil assassin.
— Malheureux! que dis-tu? Tu fus mon médecin!

C'est à toi que je dois cet air que je respire !
— Ah ! madame ! arrêtez ; vous avez le délire,
Dit alors le bailli. Quoi ! ce neveu brutal
Est votre médecin ! ô le monstre infernal !
Ne vous souvient-il plus de cette affreuse crise
Où son indigne écrit vous avait tantôt mise ?
Il vous tire, il est vrai, des portes du tombeau,
Mais sans intention, par un crime nouveau :
Sa noirceur fit le mal, sa rage le remède.
Pour bien juger, il faut que l'esprit le possède.
A tel événement qui voudrait se risquer ?
Vous-même n'oseriez, je crois, recommencer.
Combien en voyons-nous, fils, neveux, nièces, filles
Sans mœurs, sans religion, fléaux de leurs familles,
Abrégeant des parents les jours infortunés !
Il vaudrait cent fois mieux qu'ils ne fussent point nés
Contre lui je ne veux armer votre colère,
Car je crois qu'il éprouve un repentir sincère ;
Aux larmes qu'il répand, on n'en doit pas douter.
Approchez-vous, jeune homme, et veuillez m'écouter

Ici le magistrat lui fit la plus sage et la plus
touchante exhortation ; il termina par insinuer
que Vaudreuil était d'âge à réparer, par sa con-

duite ultérieure, la mauvaise opinion qu'avait
donnée de lui son indigne procédé envers sa tante.
Puis il ajouta : C'est à ce seul titre qu'il pourra
recouvrer ses anciens droits aux bontés de madame, dans les yeux de laquelle luit déja son
pardon.

Les assistants pleuraient : madame Gertrude,
d'attendrissement ; Vaudreuil, de repentir, et les
collatéraux de dépit. La malade avait grand besoin de repos, chacun se retira.

Tout conteur doit en finir.
Sait-on que va devenir
Ce Vaudreuil, le bon apôtre,
Qui ressemble à plus d'un autre
(Franchement dit entre nous);
Achevez, qu'en ferez-vous?
— Eh bien ! il héritera,
Car il se convertira,
Croyez-y, la chose est telle;
De plus, il se mariera.
Histoire, conte, et nouvelle,
Finissent toujours par là

~~~~~~

IMPROMPTU

Fait aux genoux d'une dame dans un jeu de société.

AIR : *Du haut en bas.*

A vos genoux
Vous voyez soupirer, Thémire,
A vos genoux,
Un amant qui brûle pour vous.
C'est, je crois, assez vous en dire,
Vous savez ce qu'Amour inspire
A vos genoux.
~~~~~~

LE VOISIN ET LE COUSIN.

CONTE.

Adèle était son nom, seize ans formaient son âge,
Œil fripon, teint de lis, cheveux noirs, fin corsage,
De naïve gaîté, brillant de mille appas,
Faisant naître l'amour, et ne s'en doutant pas.
Telle était, en un mot, la fleur de mon village.
Il m'en souvient encore, hélas!.. C'est grand dommage...
Mais n'anticipons pas ; assez tôt, cher lecteur,
Vous apprendrez quel fut l'excès de ma douleur.

Je l'aimais ; j'éprouvais, rien qu'en approchant d'elle ,
Un trouble involontaire, une émotion telle
Que je ne savais plus, en voulant lui parler,
Ce que je lui dirais, ni par où commencer.
Je croyais voir ses yeux lire au fond de mon ame ;
Les miens semblaient lui dire : « Une brûlante flamme
« Que je n'ose avouer me consume en secret ;
« Vous en êtes la cause ; approuvez-en l'effet. »

Vain espoir, fol amour, entreprise plus folle :
Je pensais tout cela, mais pas une parole
N'exprimait mon martyre ou mon anxieté.
Que d'amants je connais qui, tout près de leur belle,
Sont demeurés sans voix comme moi près d'Adéle,
Maudissant leur amour et leur timidité !

Arrive cependant la Sainte-Madeleine ;
Elle allait souhaiter la fête à sa marraine :
Un bouquet assorti de roses, de jasmin,
Egalait en fraîcheur la fraîcheur de son teint.
Dès l'aube matinale, Adéle réveillée
Foule au pied le gazon humecté de rosée,
Au village voisin se rendant à grands pas.
Je la suivis de loin en me disant tout bas :
« Amour, entends mes vœux, et fais qu'à cette aurore
« Elle apprenne du moins le feu qui me dévore. »
Tout près de l'aborder, dans le même moment
Je vois sortir du bois un cavalier charmant.
  Piquant sa monture
  De fringante allure,
  Il fut à l'instant,
  En caracolant,
  Près de ma bergère,

Qui lors s'arrêta ;
Il mit pied à terre,
Puis il l'embrassa.
Dieu! que vois-je là ?
Me dis-je en moi-même ;
Quoi! l'objet que j'aime
D'un autre est aimé?
Respirant à peine,
Derrière un vieux chéne
Je me tins caché.

Comment! c'est toi, cousin.
— Oui, ma belle cousine,
Où vas-tu si matin?
— Mais cela se devine
Ayant bouquet en main.
Sache que c'est demain
La Sainte-Madeleine :
Je vais chez ma marraine.
Et toi, d'où reviens-tu?
Depuis deux ans, je pense,
Que tu sortis de France,
On te croyait perdu.
— Je reviens de la guerre,

6.

En province étrangère
Je fus fait prisonnier ;
Ma peine était cruelle,
Mais ta présence, Adèle,
Me la fait oublier.
De la plus vive flamme
Tu pénetras mon ame
Dès mes plus jeunes ans ;
Tu me revois fidèle ;
Et toi, ma toute belle,
Me tiens-tu tes serments ?
Quoi ! tu rougis bergère...
— Oh ! ne crains rien, Prospère,
Mais... Il était grand temps.
D'un garçon du village,
Actif, honnête et sage,
Mon père m'a parlé ;
Tout m'assure qu'il m'aime,
Il me l'eût dit lui-même
Sans sa timidité.
Mais, plus de mariage
Qu'avec toi, cher cousin ;
Prends ce baiser pour gage,
Bonsoir à mon voisin.

Peignez-vous , s'il se peut, l'excès de ma souffrance
Pendant cet entretien. Mon esprit égaré
Croyait voir contre moi l'univers conjuré ;
Je ne respirais plus que haine, que vengeance.
Il est des maux cruels, affreux à supporter,
La mort, la seule mort peut nous en délivrer :
Oui , mais périsse aussi la trop perfide Adèle ;
Fureur, arme mon bras, et ces mêmes gazons
Qui du soleil levant reflétent les rayons,
Vont se trouver rougis du sang de l'infidéle.

  Que vois-je... Ils sont tous deux
  Sur le coursier fougueux
  Qui fournit sa carrière,
  Et d'un jarret nerveux
  Fait voler la poussière
  Qui les cache à mes yeux.
  Sous la verte feuillée
  Les gouttes de rosée
  S'augmentent de mes pleurs.
  Je chancelle , je tombe,
  Et bientôt je succombe
  Au poids de mes douleurs.
   Cette vie,
   Sans l'espoir

De revoir
Mon amie,
Ne m'est rien;
Mon Adéle,
Mon seul bien,
Revient-elle?
Observons,
Écoutons...
La cruelle,
Elle fuit;
L'infidéle
Me trahit!
Dure absence!
Quel silence!
Hors l'écho
Matinal!
Faible encore,
Répétant
Doucemont
A l'aurore
Le galop
Du cheval.
Tristement je repris le chemin du village,
Maudissant mon étoile, et sur-tout le cousin.

D'Adèle, dira-t-on, que pensiez-vous, voisin?
— Plus qu'un autre, je n'eus la raison en partage,
Franchement je l'avoue... Hélas ! au fond du cœur
Je sentais , malgré moi, renaître mon ardeur.

Le soir elle revint au logis de son père,
Lui présenta soudain le cher cousin Prospère.
Dieu sait s'il fut fété, questionné, caressé,
Complimenté, choyé, qui plus est, embrassé !
Le suisse, le bedeau, le curé, le vicaire,
Marguilliers et sonneurs, tous, jusqu'au sacristain,
Assiégeaient la maison le soir et le matin
Pour boire à tasse pleine au retour du compère,
Hormis moi : j'enrageais, accusant mon destin.

Ce retour fit du bruit une lieue à la ronde,
Si bien que le papa, las de voir tant de monde
A l'envi concourir à tâter de son vin,
     Appela son neveu,
    Lui disant : « Çà , Prospère,
« Il nous faut maintenant songer à notre affaire;
  « En un mot comme en cent, parlons peu,
     « Parlons bien.
« Tout compté, calculé, j'ai bien peu, tu n'as rien.

« L'amour ne suffit pas pour faire un mariage.
« C'est d'abord un poupon, premier fruit du ménage ;
« La dépense augmentant, faut accroître son bien.
« Ecoute le conseil que l'amitié te donne,
« Et prends bien garde au moins d'en parler à personne
      « Rends-toi vite à Paris ;
« A l'octroi de la ville il nous manque un commis ;
« Fais-toi nommer, reviens, et compte sur Adèle. »
— Ne faut-il que cela ? c'est une bagatelle,
      Reprit-il vivement ;
      Étant au régiment,
Je me suis ménagé protecteurs, protectrices ;
J'ai tout ce qu'il me faut, laquais, frotteurs, actrices,
Et maîtresses sur-tout : c'est là le vrai moyen.
Je vais les employer ; allez, ne craignez rien.
Il part, et sur ses pas les garçons du village
Répétent tous ensemble : *Au revoir, bon voyage.*
Quelques filles aussi lui firent leurs adieux,
Quand pour son prompt retour d'autres formaient des vœux
Je me mis dans la foule, et m'approchai d'Adèle,
Pour la frime donnant la main à son cousin,
Mais me disant tout bas : « Tu vas t'éloigner d'elle,
« Et moi, pendant ce temps, je reste son voisin. »
Hélas ! que je les plains ceux que l'amour transporte !

Qu'ils s'apprêtent de maux ; que de soins, que d'ennuis !
Ballottés par l'espoir, accablés de soucis...
— Trêve aux réflexions, me direz-vous ; qu'importe ?
Au fait, avez-vous mis à profit vos instants ?
Avez-vous su, voisin, employer votre temps
Cette fois ? Répondez... — Nenni, je dois me taire,
Car l'indiscrétion n'est pas mon caractère.
Mais puisque j'ai tant fait qu'à ce point d'arriver,
Gardez-en le secret, je m'en vais achever.

Avouez qu'il n'est rien de tel dans cette vie,
En fait de stimulant, qu'un grain de jalousie :
On goûte à se venger un plaisir sans égal,
Mais c'est jouir deux fois que tromper un rival.
J'ai déja trop parlé ; vous devinez, je gage,
Et me dispenserez d'en dire davantage.
J'étais là, l'autre absent ; je bénissais mon sort...
Enfin, qui ne sait pas que les absents ont tort ?

En tout bien, tout honneur, j'allais avec Adèle
Couronner d'un contrat une union si belle.
Le père me pressait, il avait ses raisons,
Car mes assiduités éveillaient ses soupçons..
Au moment de signer on m'apprend que Prospère

Arrive de Paris... C'est bien une autre affaire!
J'avais toujours à cœur les baisers du cousin,
Et je risquais beaucoup à rester son voisin.
Sans plus délibérer, par une nuit obscure,
    Je m'esquivai furtivement,
    Au hasard seul abandonnant
    Le dénoûment de l'aventure.

    Que croyez-vous qu'il arriva?
    Rien du tout, le péché resta
    Sous l'enveloppe du mystère :
C'est le secret, dit-on, qu'une femme tient bien.
Muni de son emploi, l'impatient Prospère
    De son onclé fit son beau-père,
Et, tout fin qu'il était, ne s'aperçut de rien.
    D'être fidéle en mariage
    Jurait Adéle en rougissant;
Et la jeune beauté, plus heureuse que sage,
Mit l'honneur à l'abri dessous le sacrement.

    Que de femmes en pareils cas,
    Ainsi qu'elle, ont franchi le pas,
Et qui n'en font pas moins le plus heureux ménage?
On en voit à la ville, on en cite au village.

Quoi qu'il en soit, à vos voisins,
Filles, non plus qu'à vos cousins,
Ne vous fiez pas trop, la chance est incertaine.
Ma morale est de bon aloi:
Besoin n'ai d'en jurer; vous me croirez sans peine
Puisque je parle contre moi.

LE CONGÉ NAÏF.

Quand je soupire à vos genoux,
Cruelle, à quoi donc pensez-vous?
Je suis tout feu, vous toute glace!
—Pour vous le dire franchement,
Je pense qu'à la même place
J'attends Lindor en ce moment.
Je le vois clairement, madame,
C'est là mon congé bien donné.
Eh! monsieur, si vous étiez femme,
Vous l'eussiez déja deviné.

7

COUPLET

Chanté à un banquet de la société grammaticale, à la Saint-Augustin.

Air *du vaudeville des chevilles de maître Adom.*

PERPÉTUONS cette fête chérie,
Chacun de nous, et moi tout le premier,
Doit desirer dans son ame attendrie
Qu'un si beau jour ne soit pas le dernier.
Et pour charmer les instants de la vie,
D'esprit, de cœur, travaillons de moitié
A reculer les bornes du génie,
A resserrer les nœuds de l'amitié.

~~~~~~

LA DÉBITANTE ET SON PEINTRE.

On peut dormir à une séance académique, je l'avoue ; il est certaines questions d'un médiocre intérêt, qui ne nécessitent que de froides observations et des réparties plus froides encore ; mais autre chose est d'une discussion grammaticale entre une débitante de tabac et son peintre en lettres : on n'y dort pas, on y rit. J'aperçus un jour, rue du Carrouzel, près celle du Doyenné, une trentaine de personnes attroupées à la porte du bureau de tabac. Entraîné par la curiosité, je m'approchai pour m'informer de ce que c'était, et je fus témoin oculaire et auriculaire de la scène suivante.

Encore une fois, disait la débitante au peintre, vous avez oublié de mettre *et*. — Voyons, voyons, répliqua l'artiste ; et aussitôt il recula de quelques pas pour mieux juger de son ouvrage. Après avoir hoché la tête, il dit d'un air
~~~~~~

contristé : *C'est vrai.* Eh bien ! Madame, c'est une lettre à rabattre sur le mémoire, vous ne me la paiera pas, voilà tout. —Oh ! je ne m'arrange pas de cela, répliqua la marchande ; il faut *tabac* ET *au-de-vie.* — Allons, allons, répartit le peintre, ne nous fâchons pas ; il y a du remède à tout, hors à la mort. Je n'ai jamais eu de dispute avec personne, et je ne commencerai pas avec vous. Là-dessus il remonte à sa longue échelle. On s'imagine peut-être qu'entre les deux mots *tabac, eau-de-vie,* il va mettre la conjonction *et?* Point du tout. Pour suppléer à son omission, il couronne d'un énorme accent aigu l'*É* majuscule du mot *eau.* Pendant qu'il procède à ce chef-d'œuvre, quarante paires d'yeux sont braquées sur lui, et tout le monde admire son heureux expédient. A la bonne heure, à présent, dirent trois commères en lisant littéralement ; ça fait bien *tabac éau-de-vie.*

Un particulier qui se trouvait là fit observer qu'on avait mis *liqueures* avec un *e,* ce qui ne devait pas être, parceque nulle part il n'en avait vu à la fin de ce mot. Nouvel embarras de la part du peintre ; mais un connaisseur lui tira,

comme on dit, cette épine du pied, en soute-
nant d'un ton doctoral qu'il faut un *e* à *liqueure*,
parceque ce mot est féminin. Le jugement fut
rendu sans appel, et l'*e* resta pour le profit du
peintre auquel on paya le mémoire dans toute
son intégrité. Les choses ainsi réglées, chacun
se retire content, et moi tout le premier d'avoir
assisté à cette comédie : elle se renouvelle à mes
yeux chaque fois que, passant par là, je vois
l'enseigne de la débitante.

Je racontais cette anecdote devant plusieurs
dames, dont une se fâcha presque contre moi,
de ce que je n'avais pas fait rectifier l'enseigne.
Je lui dis :

Des sottises d'autrui ne nous mêlons jamais ;
Laissons le monde aller, nous aurions trop à dire.
Il en cuit de parler, je le sais : désormais
Je veux me contenter de me taire et d'en rire.
Chacun m'objectera qu'on rit aussi de moi :
Au siècle où nous vivons ces travers sont les nôtres.
L'orgueil fait que toujours on est content de soi,
Mais qu'on trouve à blâmer dès qu'il s'agit des autres.

Je ne trouvai grâce auprès de la jeune dame

qu'en lui donnant la règle des substantifs en
eur.

A l'exception, lui dis-je, de trois au masculin, *beurre*, *leurre* et *feurre*, et de deux au féminin, *heure* et *demeure* ; ils ne prennent jamais d'e final.

DISCUSSION GRAMMATICALE.

Dans la publication d'un ouvrage j'avais inséré cette phrase : *Persuadé comme nous le sommes*, etc., lorsqu'un matin ma petite nièce, jolie enfant qui sait autant de grammaire qu'un quatrième de collége, vint me dire tout en émoi : Qnelle belle équipée avez vous faite là, mon oncle ! Si vous saviez comme on vous arrange dans un certain journal ; et en même temps elle me présenta le N° 2 de la seconde année du *Manuel des amateurs de la langue française*. Voyons, chère petite, lui dis-je, calme-toi, et lisons ensemble cet article qui me concerne. Le voici mot pour mot :

Lettre de M. P..... à M. le Rédacteur en chef du Manuel des Amateurs de la langue française.

Paris, le 24 août 1814.

Monsieur et cher Confrère.

De toutes les innovations qui donnent à notre

langue uue physionomie étrangère et qresque barbare, je n'en ai point encore vu de plus hardie que celle qui commence la préface du *Traité simplifié des conjugaisons françaises* : *Persuadé* comme *nous* le sommes, etc.

Persuadé, adjectif-participe sous le nombre singulier et mis en rapport avec le substansif ou pronom *nous* qui est au pluriel, me présente une bigarure, une discordance que je n'ai pu soumettre à aucune de nos régles connues, même à l'aide de l'analyse. S'autorisera-t-on d'une multitude infinie de locutions qui présentent la méme forme, telles que celle-ci : *Nous*, par la grâce de Dieu, *Roi* de France et de Navarre... *Nous*, com*missaire* ordonnateur, etc.

Je vois dans ces deux locutions une métonymie, *nous* employé pour *je*, et qui ne contredit point la régle de l'accord : *roi*, *ordonnateur*, sont des substantifs appellatifs qui modifient le substantif *nous*, et qui n'en sont point les adjectifs. Il y a dans ces deux phrases une ellipse que l'on peut remplir ainsi : *nous* qualifiés du titre de *roi*... du titre de *commissaire*, avons ordonné, etc. supprimez les mots *qualifiés du titre de*, il reste *nous, roi... nous, commissaire*, etc. C'est un accord de *rapport* seulement, connu sous le nom d'apposition, comme quand nous disons : *nos enfants, l'espérance de la patrie... Tulliola, nos délices.* Il n'en est pas de même du mot *persuadé* qui est un véritable *adjectif*, et qui doit prendre les formes du substantif qu'il qualifie. On pourrait chercher à justifier cette *anomalie* en remplissant ainsi l'ellipse : *nous*, auteur de cet ouvrage, *persuadé*, etc. Alors *persuadé* serait en rapport immédiat avec *auteur*, dont-il prendrait le genre et le nombre ; mais *autecur* n'est lui-même qu'un modificatif de *nous ;* c'est *nous* qui sommes *persuadés* comme *auteur.*

Dira-t-on encore que c'est une syllepse? Que le mot *nous* n'est employé que par *emphase*, qu'il ne peint à l'esprit qu'un seul individu, qu'il est mis pour *je*, et qu'on fait accorder l'adjectif avec le sens et non avec la lettre, comme quand on dit : *une multitude de citoyens périrent.* Je répondrai que le mot *multitide* déterminé par *citoyens*, emporte nécessairement l'idée de pluralité qui force l'écrivain à accorder le verbe et l'adjectif avec *citoyens* qui logiquement est le véritable sujet de la phrase; nous ne pouvons en dire de même du mot *nous* que l'usage a consacré pour le pluriel, et qui donne le même nombre au verbe et à l'adjectif qui s'y rapportent. Nous objectera-t-on le mot *vous*, employé comme singulier, et qui donne ce nombre à l'adjectif sans le donner au verbe qui conserve la forme pluriel, comme, quand parlant à un seul enfant, on lui dit : *vous* êtes bien *aimable.* Voilà, je crois, le dernier retranchement de l'auteur. Je répondrai que l'usage a consacré le mot *vous* pour exprimer le *singulier* comme le *pluriel*, il nous permet de dire : *mademoiselle, vous êtes charmante,* une personne *charmante.* La demoiselle pourrait-elle répondre : Vous dites, Monsieur, que *nous* sommes *charmante,* une personne *charmante.* Je ne sache pas qu'il se soit prononcé en faveur de cette dernière locution, ni qu'aucun grammairien l'ait réduite en principe.

Votre dévoué serviteur et ami.

P......t.

Pour tirer ma nièce d'embarras, je lui dictai la réponse suivante que M. le Rédacteur eut l'obligeance d'insérer dans son manuel.

(83)

RÉPONSE.

Monsieur.

En lisant la lettre de M. P......t, je me trouve dans l'obligation d'y repondre; j'attends en conséquence de votre justice une petite place dans votre intéressant manuel.

Je commence par convenir avec M. P.... .t, que l'adjectif s'accorde avec son substantif en genre et en nombre. Je suis tellement de cet avis que je répéte à qui veut l'entendre, que comme *substance* et *accident* sont identiques dans la nature, le *substantif* et l'*adjectif* ne doivent faire qu'un dans le discours. C'est pour donner à ses éléves une idée juste de cette identité, que monsieur l'abbé *Sicard* leur fait écrire le substantif en grosses lettres écartées les unes des autres, pour y intercaler, en petites lettres, l'adjectif qu'il y fait rapporter. Il ne reste donc plus de difficulté entre M. P.....t et moi, si ce n'est que ce même principe qu'il emploie pour me prouver que j'ai tort, je l'invoque pour lui prouver que j'ai raison.

Persuadé comme *nous* le sommes... etc, n'est selon moi qu'une syllepse, comme *vous* êtes *charmante*, quoique je puisse me servir de ses propres expressions pour dire : *nous* sommes (un auteur) *persuadé* : et certes il n'aurait rien à répondre. Mais je n'admets point cette ellipse, car elle forcée ; c'est une syllepse et rien autre. L'accord, tant invoqué par M. P.....t, exige le singulier, il faut qu'il s'en convainque. Qu'est-ce que la *syllepse* ? une figure par laquelle le discours répond plutôt à notre pensée qu'aux régles de la grammaire. Or, quelle pensée réveille en moi cette phrase : *vous êtes charmante*. Rien autre que celle-ci : *Tu es charmante* ; à l'exception que *vous êtes*, est plus poli que *tu es*, comme *vous chantez*, est plus poli que *tu chantes*. Notre esprit ne voit dans le *vous* qu'un *tu* de convention, parcequ'il n'y a là qu'une seule personne ; l'aspect du pluriel que présente le *vous* n'est qu'une frêle écorce grammaticale que la logique brise pour arriver à l'objet unique qu'on a intention de modifier, et la main se refuse à marquer du signe de pluralité un adjectif qui n'est identique qu'avec un singulier. Cet accord d'identité, tant invoqué par M. P......t, serait à l'instant violé si l'on mettait le pluriel, et la pensée serait dénaturée ; cette locution s'adresserait alors à plusieurs personnes (*vous* êtes *charmantes*), quand on contraire l'on ne parle qu'à une seule (*vous* êtres *charmante*). Certes, M. P......t, ne niera pas que cette syllepse a lieu à, la seconde personne du pluriel.

Pourquoi donc me la refuse-t-il à la première? Pourquoi donc le mot *nous* n'aurait-il pas, par syllepse, la signification de *je*, comme le *vous* a celle de *tu?* Ce n'est point, comme le dit M. P....t, *nous* (*qualifiés* du titre de) *roi; c'est* tout bonnement *nous roi*, pour *moi roi*. Ce n'est parconséquent pas *nous* (*qualifiés* du titre d'auteur) *persuadé;* c'est simplement *nous persuadé*, employé pour *moi persuadé*. Un roi, un ministre, un préfet, une autorité enfin se sert du *nous* en parlant au singulier : c'est un syllepse reçue pour désigner dans ce cas la puissance. Cela veut dire : *moi,* et en cas de besoin, ceux qui m'environnent. Un auteur se sert de la même syllepse, mais par modestie; le *je* lui paraît trop tranchant. En disant *nous,* il veut dire *moi,* et en cas de besoin, tous les auteurs qui partagent mon opinion. Enfin, dans l'une et l'autre locution, il y a derrière le *je* une suite de personnes qui s'y rattachent, et qui l'étayent; mais c'est toujours le *je* qui perce dans ce *nous*, comme le *tu* dans le *vous*, et l'on doit laisser l'adjectif au singulier, puisque n'avons d'autre intention dans notre esprit que de modifier le *je* ou *moi*, exprimé par *nous*. Si M. P......t avait fait cette réflexion, il ne se serait pas tant récriminé contre cette phrase qu'il condamne : « Vous dites, Monsieur, que *nous* sommes *charmante!* » Je lui en demande pardon, mais je la trouve bonne quoiqu'il en dise : Il faut encore l'en convaincre.

M. P.....t aurait-il oublié qu'on emploie à l'impératif, et très grammaticalement encore, la première personne du pluriel en remplacement de celle du singulier qui nous manque? Une dame dit tous les jours, en se parlant à elle-même : *Soyons prudente ; soyons réservée.* Dans une comédie, par exemple, une soubrette dira d'un valet: « Il est fin, *soyons rusée* »; ou encore : « *Nous* ne ne sommes pas si *dupe.* » Je demande à M. P......t si, dans ce sens, il mettrait ces adjectifs au plu-

riel? Convenons de bonne foi que ce serait dé-
naturer la pensée, et même faire un contre-sens.
La soubrette aurait l'air de parler de sa maîtresse et d'elle, lorsqu'elle n'entend parler que
de soi.

Ceci nous rappelle une discussion qui s'éleva
un jour en ma présence entre un huissier et un
maître d'école de village, au sujet de la rédac-
tion d'un procès-verbal où le premier avait fait
usage de la syllepse. En voici à-peu-près la con-
texture; je n'y change que les noms.

« L'an... etc., à la requête du sieur Denis, etc.
« *Nous* Gaspard Farod, *huissier* audiencier à...,
« *nous* nous sommes *transporté* à..., *accompagné* des
« sieurs Balthazare de Verte Allure, et de Guil-
« laume l'Avisé, tous deux praticiens, où étant
« *arrivé*, avons fait itératif commandement de
« par le roi et justice, au sieur de Blanche-Epée,
« maître en fait d'armes, présentement payer
« à *nous*, *huissier*, *porteur* de contraintes, la
« somme de... sous peine d'être par *nous*, *huissier*
« *susnommé*, appréhendé au corps en vertu d'une
« sentence exécutoire, rendue contre lui le....
« dernier; lequel Blanche-Epée, homme hautain

« et brutal, sans respect pour justice et gens du
« roi, *nous* a indignement *invectivé*, et même
« *frappé* au point que sans le secours et les re-
« montrances de plusieurs voisins accourus à
« nos cris, il *nous* aurait *assommé*. De tout quoi,
« avons dressé le present procès-verbal de rébel-
« lion, etc. »

Vous me dispenserez volontiers du reste, Monsieur, ainsi que du long discours du magister
qui voulait à toutes forces que l'huissier mît le
pluriel par tout à cause du *nous*, tandis que celui-ci s'obstinait pour le singulier, à cause du
je. « Il s'égosillait à dire, *je* ou moi *seul*, étais
« *accompagné; je*, ou moi *seul*, étais *porteur* de
« contraintes... — Et des coups de M. Blanche-
« Epée, lui dis-je — Oh! c'est bien vrai, ré-
» pondit le suppôt de chicane, car mes acolytes
« ont commencé par fuir au premier juron de
« ce grand brutal; enfin n'est-ce pas *je* ou *moi*
« qui.... — Oui, oui, Monsieur l'huissier, c'est
« *tu* ou *vous* qui passiez par les mains de votre
« bretteur; gardez-vons de mettre le pluriel,
« sans quoi vous feriez partager vos périls, vos
« coups et votre gloire, à vos poltrons de recors

« qui n'y étaient pour rien. Ainsi donc, en dé-
« pit du magister, laissez le pluriel, ou vous
« ôteriez toute la fraîcheur de votre procès-
« verbal. »

J'ai l'honneur, etc.
Signé V.... R.

Ma nièce ne fut satisfaite que quand elle eut
porté ma réponse à M. B....., rédacteur en
chef, qui voulut bien l'insérer dans le même
numéro. La pauvre enfant tremblait ensuite
que je ne rencontrasse M. P.....t, dans l'appré-
hension sans doute que nous ne nous coupas-
sions la gorge. Elle fut fort étonnée de le voir
venir un jour chez moi où nous rîmes ensemble
de sa lettre et de ma réponse. Va, lui dis-je; il
en est des grammairiens comme des avocats qui
plaident l'un contre l'autre; on dirait à les entendre qu'ils vont pour le moins se brûler la
cervelle au sortir de l'audience, et on les trouve
à la buvette le verre en main.

8.

PASTORALE.

Vous plaire et vous aimer, adorable Thémire,
Est, selon mon ami, le destin le plus doux.
De la part de Myrthil, je viens donc près de vous,
        Tont exprès pour vous en instruire.
— Berger, ponrquoi Myrthil, brûlant d'un feu si doux
        Ne vient-il pas lui-même?
— En vous ouvrant son cœur il craint votre courroux.
        — Dites lui que je l'aime.

LE SAVETIER.

CONTE.

Un savetier, normand, mais honnête homme,
Vivait en paix sans crainte du sergent;
Maître *Lapoix*, c'est ainsi qu'on le nomme,
Joyeux buveur, artisan économe,
Aimait le vin, mais encor plus l'argent.
Tout le quartier vantait son industrie
Souvent utile à plus d'un pied mignon :
Bref, Saint Crépin, son modeste patron,
Le protégeait, et dans sa confrérie
Tout bon dévot eût juré par son nom.

Un certain jour, pressé par le démon
Qui des humains gouverne la machine,
Mon savetier voulut entrer, dit-on,
Dans l'autre corps...Dans ce corps...J'imagine
Qu'on le connaît de Paris à Canton.

Qui fit cela? Ce fut la belle Hélène :
Non la donzelle au beau berger troyen,
Mais la servante à monsieur le doyen
Des récolets. En poussant son alêne
Maître *Lapoix* la lorgnait en dessous,
Et tout le jour, en dépit des jaloux,
La saluait d'un amoureux sourire.
En peu de mots, puisqu'il faut vous le dire,
Il épousa. Les voilà donc tous deux,
Elle fruitière, établie en échoppe,
Lui sous son dais, près de sa Pénélope,
Doublant d'ardeur, travaillant tant et mieux.

Mais sur la terre, hélas! tout est mensonge :
Pauvres humains! La jeunesse, l'amour,
Et le bonheur, tout fuit, tout n'a qu'un jour,
Votre existence elle-même est un songe.

Trois mois après qu'Hélène eut mis l'anneau,
Trois mois après!... Hélène devint mère.
Lapoix, fâché de se voir sitôt père,
Avec aigreur reçut le fruit nouveau.
— Point de souci, mon cher, c'est une chute...
— Au diable! Eh quoi! suis-je donc une brute ?...

(93)

Il a cheveux, ongles, tout bien formé ;
A terme il vient, le fait m'est confirmé :
Séparons-nous. Et là-dessus notre homme
Pestait, jurait. J'irais plutôt à Rome,
S'écriait-il, que de jamais rentrer
Avec ma femme, et de m'aventurer
Comme un vrai sot. Dans tout le voisinage
Chacun voulait rétablir le ménage,
Et tout le monde y perdait son latin.
Heureusement que par un beau matin
L'évêque arrive. On prie, on intercède ;
Il faut qu'au mal il applique un remède.

Ce n'était point de ces prélats cagots
Dont chacun fuit l'humeur atrabilaire ;
Vous jugerez qu'il était au contraire
Homme d'esprit, et fertile en bons mots.
Il se piquait de parler à propos,
Comme à propos on le voyait se taire :
Rare vertu, sur-tout chez les dévots,
Et qu'ici-bas nous ne pratiquons guère.

Il appela chez lui le triste époux.
— Mon cher enfant, lui dit-il d'un ton doux,

Es-tu chrétien? — Certes, Votre Eminence.
— Eh bien, mon fils, s'il est ainsi, je pense
Qu'en bon chrétien tu tiendras ton serment.
— Oh! Monseigneur, croyez qu'assurément...
— Quand Saint Crépin vint s'établir en France,
A-t-il voulu, des humbles savetiers,
Qu'on distinguât messieurs les cordonniers?
— Que trop, hélas! la différence est grande.
Mais on m'a fait enfant de contrebande;
Et quel rapport Hélène et nos status
Ont-ils entre eux? — Tiens, mets le nez dessus;
Lis cet article, il servira de preuve.
Tu ne dis rien! Réponds donc, malheureux:
Oserais-tu prétendre à femme neuve,
Lorsque tu dois ne travailler qu'en vieux?

ZOÉ

OU

LES CULTES.

NOUVELLE PARISIENNE.

Sommes-nous en gaîté? banissons l'humeur triste ;
Il n'est qu'un temps pour tout, sachons en profiter.
Mais au rire indiscret n'allons pas exciter
Ceux à qui nous tenons discours de moraliste.

Il est cependant des êtres ridicules qui prê-
chent d'une manière si bizarre qu'ils provoquent
le rire de ceux-là mêmes qu'ils prétendent édi-
fier. Voici, mesdames, un fait à l'appui de mon
assertion.

Zoé, jeune, gaie, vive et spirituelle, mais un
peu étourdie, n'avait pu retenir ses ris en voyant
les pratiques usitées à un mariage juif auquel

son tuteur l'avait menée. Tel est, en substance,
le sermon qu'il lui fit.

Un culte est une chose trop respectable en soi
pour se permettre d'en rire ; mais nos passions
l'emportent sur la raison, notre amour-propre
nous aveugle, notre orgueil nous entraîne : nous
ne trouvons de bien que ce qui est de nous, et
nous blâmons tout chez les autres, jusqu'à leurs
plus sages, leurs plus sublimes institutions. L'habitude, cette seconde nature, jette de si profon-
des racines, que, pour peu que nous sortions de
notre sphère, tout nous semble étrange, tout
nous étonne. Un Israélite est scandalisé de nous
voir ôter notre chapeau dans nos églises, parcequ'il croirait faire une insulte à Dieu en ôtant le
sien dans sa synagogue. Les Musulmans, tout fleg-
matiques qu'ils sont, scurient en nous voyant
baptiser nos nouveaux nés, et nous haussons les
épaules de les voir circoncire les leurs. Dans
certains pays on se couche par terre pour adorer
Dieu, dans d'autres on se tient debout, chez
nous on s'agenouille. Ayons donc le bon esprit
de respecter les usages en raison de la sainteté
du motif ; ne nous moquons de personne, et ne

soyons jamais un sujet de scandale pour qui que ce soit.

Eh bien ! monsieur le narrateur, s'écria la comtesse de M***, je ne vois rien que de très raisonnable dans le sermon du tuteur, et votre Zoé, soi-disant si spirituelle, ne serait qu'une sotte à mes yeux de rire au nez de ce brave homme.

Je ne vous le conteste pas, madame; aussi Zoé ne rit-elle pas au premier point de ce sermon : mais écoutez le second, et voyez jusqu'où le tuteur se laissa emporter par son zèle : c'est lui qui parle.

Que serait-ce donc, Zoé, si nous remontions à la haute antiquité, comme par exemple au temps du *bœuf Apis*, du *serpent Python*, de *ta vache Io*, de *la chienne Méra?* Vous savez qu'on leur rendait les honneurs divins. Vous m'objecterez que ce n'étaient que des emblèmes · il est vrai, mais le peuple qui n'en savait rien adorait le *bœuf*, le *chien*, la *vache*, de la meilleure foi du monde, et il n'aurait pas fallu se permettre d'en rire, car il n'y a point de pardon à espérer de la part des fanatiques

Voyez les plus zélés dévots au bœuf Apis,

prosternés devant sa statue, lui adresser cette prière :

> Humblement nous vous implorons,
> Accordez-nous pleine récolte,
> Et préservez-nous des larrons,
> De la dîme, et de la révolte.
> Sacré bœuf, exaucez nos vœux,
> Que votre bonté soit sans bornes ;
> Retournez nos sillons poudreux,
> Mais préservez-nous de vos cornes.

Plus loin, ce sont des peuplades entières qui implorent *Io*, autrement *Isis*, qui fut changée en vache. De jeunes filles, compatissant au sort de la déesse, avant qu'elle n'eût reçu l'immortalité, lui chantent religieusement cette strophe.

> Vous étiez vache à seize ans, ô déesse !
> C'est de bonne heure, hélas ! et malheureux.
> D'un pareil sort gardez notre jeunesse,
> Car les mortels n'ont pas le goût des dieux.

C'est ainsi, comme vous le voyez, que chacun implore les dieux en raison de ses besoins.

Une femme enceinte invoquait *Hécate;* les marchands l'adroit *Mercure,* les navigateurs le joufflu *Eole* et l'humide *Neptune,* les amants la belle *Cypris,* à laquelle il se donnaient bien de garde dans ce temps-là de comparer leurs maîtresses, de peur de blesser la vanité de la mère des Amours. Cupidon, son fils aîné, se plaint en ces termes de la licence des poëtes modernes.

> « Enfin je suis assez content
> « Des attributs de ma personne ;
> « Mais je ne le suis pas autant
> « De chaque mère qu'on me donne. »

Arrêtons-nous, Zoé, à cette multitude prosternée devant le chien céleste, l'implorant en ces termes :

De la fidélité vous êtes le symbole,
Chien sacré, qu'à bon droit ici nous révérons ;
Chez nous, faibles humains, le manque de parole
Pour le vil intérêt est ce que nous voyons.
    Si notre sort vous intéresse,
    Ah! grand chien, manifestez-vous.

De grace, propagez chez nous
Des sacrés chiens de votre espèce.

Mais je m'aperçois, petite espiégle, que plus je vous moralise plus vous riez. C'est affreux de vous comporter de la sorte. Il viendra un temps où, plus sensée que vous ne l'êtes, vous respecterez tous les rites, puisqu'ils n'ont qu'un même but, celui d'honorer la Divinité. Que diriez-vous si l'on riait de votre religion ? Vous vous fâcheriez, et vous auriez raison.

Ces dernières paroles firent rentrer Zoé en elle-même, et la leçon de tolérence ne fut point perdue. Comme elle se connaissait, elle se promit bien de n'assister désormais à aucune cérémonie religieuse qu'à celle de son culte, de peur de devenir encore une fois un sujet de scandale pour les autres, ne se sentant pas assez de force pour se modérer.

Cette morale n'est pas neuve,
Tâchons toujours d'en profiter.
Ne nous livrons pas à l'épreuve
Que nous ne saurions supporter.

UN TOUR DE CARNAVAL.

Deux sœurs vivaient, dans une ville de garni-
son, de l'honnête revenu que leur avaient laissé
leurs parents. L'aînée, nommée Lucile, fille du
premier lit, était tutrice de la seconde, nommée Hortence, beaucoup plus jeune, et en
même temps plus avantagée du côté de la fortune. Linval, aimable officier, fut reçu dans
cette maison, et ne tarda pas à se faire aimer
d'Hortence; mais Lucile qui avait pris le change
sur le motif de ses visites, lui fit fermer sa porte
dès qu'elle s'aperçut qu'il venait pour sa sœur;
ce moyen lui parut tout simple pour se venger
de l'affront qu'elle prétendait avoir reçu, et s'évi-
ter le désagrément de compter avec Hortence
dont elle retenait la dot. Cette dernière, bonne,
douce et timide comme on l'est à dix-huit ans,
n'osait réclamer ouvertement ses droits, ni plai-
der contre une sœur qui lui tenait lieu de mère.

Linval, ne pouvant pas enlever la place d'assaut, employa la ruse; voilà comme il s'y prit.

Les jours gras approchaient. Instruit par Hortence, dans le plus grand détail, de l'habit de bergère qu'elle doit prendre pour aller au bal avec sa sœur, il en fait faire un absolument semblable, dont il habille une figurante de la même taille que celle de sa belle amie, et, bien déguisé de son côté, il se rend au bal où arrivent bientôt les deux sœurs. Il invite Hortence à un quadrille, puis, la contredanse finie, il reconduit poliment la figurante près de Lucile qui, trompée par le costume, la prend pour sa sœur. Le prestige cesse du moment où elle est obligée de parler; mais une femme de coulisses n'est jamais embarrassée. Elle joue l'étonnée, et dit qu'elle croyait être avec une de ses camarades. Alors quittant le bras de Lucile, elle va changer de costume, et rentre bientôt dans le bal où elle s'empresse de raconter l'aventure à laquelle elle avait contribué.

On sent très bien que la vraie bergère se retrouva quelques jours plus tard près de son berger auquel Lucile fut obligée de remettre la dot.

LES INVALIDES EN GOGUETTES.

Air : *Malgré la bataille , etc.*

LA TULIPE.

Bouillant de carnage,
Sous tes étendards
J'ai bien fait tapage,
Terrible dieu Mars ;
Mais la guerre expire,
Prenons du repos ;
Bacchus nous attire,
Suivons ses drapeaux.

LA RISSOLE.

Quand le canon tonne
Son cœur fait un bond.
Qu'on perce une tonne,
Le mien lui répond :

9.

« Las! je désespère
« De pouvoir marcher;
« Mon dixième verre
« Me fait trébucher. »

LA TULIPE.

Le bruit du tonnerre
Le met en humeur,
Le choc de mon verre
Réjouit mon cœur.
Ivre de victoire,
C'est bien glorieux;
Mais ivre de boire
C'est bien chatouilleux.

LA RISSOLE.

Ton laurier, Bellone,
Croît sur les tombeaux;
Toi, fils de Latone,
Il croît sous les eaux :
Vos arbrisseaux fades,
Pour de froids rimeurs,

Valent-ils rasades
Pour de chauds buveurs.

LA TULIPE.

En parlant rasade
Je suis transporté;
A moi, camarade,
Pour une santé.
Du dieu de Cythère
J'ai connu les tours :
Buvons à sa mère,
Vive les amours !

LA RISSOLE.

Il est dans la vie,
Selon la chanson,
Temps pour la folie,
Temps pour la raison.
Quoique à barbe grise,
De nos vieux soudards
Je suis la devise,
Et veux boire à Mars.

ENSEMBLE.

ENVOI A M. LE CHEVALIER DE C***.

Nul est le courage
Pour des sens glacés;
Nous quittons l'ouvrage,
Vous le commencez:
Sous Mars et les Gráces
Vous prospèrerez;
Marchez sur leurs traces
Tant que vous pourrez.

FIN.

TABLE.

FIN DE LA TABLE.